中国二十一世纪诗丛

亦来诗选

亦来 著

长江出版传媒

长江文艺出版社

图书在版编目（ＣＩＰ）数据

亦来诗选 / 亦来著. -- 武汉 ：长江文艺出版社，
2021.6
（中国二十一世纪诗丛）
ISBN 978-7-5702-2075-5

Ⅰ. ①亦… Ⅱ. ①亦… Ⅲ. ①诗集－中国－当代
Ⅳ. ①I227

中国版本图书馆 CIP 数据核字（2021）第 068286 号

丛书策划：沉　河

责任编辑：谈　骁　　　　　　　责任校对：毛　娟
封面设计：徐慧芳　　　　　　　责任印制：邱　莉　　王光兴

出版：长江出版传媒　长江文艺出版社

地址：武汉市雄楚大街 268 号　　　邮编：430070
发行：长江文艺出版社
http://www.cjlap.com
印刷：湖北新华印务有限公司

开本：880 毫米×1230 毫米　　　1/32　　　印张：7.5　插页：4 页
版次：2021 年 6 月第 1 版　　　　2021 年 6 月第 1 次印刷
行数：5288 行

定价：58.00 元

出版说明

    中国新诗自"五四"发轫，至今已近百年历史。

    本社一直致力于中国新诗的整理出版工作。二十世纪九十年代出版的《中国新诗库》（共十卷）收录从"五四"到"文革"结束共六十余年新诗佳作，其后，本世纪初陆续出版的《朦胧诗新编》、《第三代诗新编》和《九十年代诗新编》等收录了"朦胧诗运动"以来至二十世纪结束共三十余年有影响力的诗歌作品。而对于二十一世纪以来已较为成熟的诗人，我社将在这套"中国二十一世纪诗丛"中陆续推出。

    本丛书每位诗人单独成册，力求系统地收录诗人迄今为止的主要作品。书前附有诗人生活照片二帧，书后附有"诗人简历"，以说明诗人生活与写作之基本情状。

2006 年 11 月

目　录

第二辑　敞开的难度（2007—2015）

第四辑　随心所欲

第一辑

春天的暗房

（2000—2007）

化　蝶

1

一年以来，我一直尝试着在雨天写下一些晴朗的文字
在晴天，则试图描绘一些亮丽的事物，譬如
风中的柳枝，荡漾的火焰。还有插图中的草坪
梦中的苹果树，一对蝴蝶把翅膀搁在三月的氧气中

我多次试图把春光搬到纸上，把欢乐运回
心中。我也做过这样的努力，先画出澄澈的湖
再添上一只天鹅，两叶鸥鸟。但相反，我留下
满纸乌鸦，并不动声色，犹如易碎的瓷器。

什么都没有发生，仿佛我用放大镜观察过的音乐
我曾见过两个怀春的少女，微妙的烛光曳过
她们的七弦琴、歌喉，还有梦幻。
我也见过一些大师，如斯特劳斯，他使耳朵静下来

感伤只律动于桃形的房子？有月光的夜晚
玫瑰在唇上铺好床，节奏漫过了枕头？
恍惚中看到达芙妮、纳尔西斯、蒲赛克呵，还有
天鹅高贵的疾病，静静地，流淌于午夜寂寞的河床

我也曾幻想着站到高处，不遗余力地动员
每况愈下的器官在时光中群策群力：抽搐的胃
松弛的肌肉，蒙尘的肺叶，更主要是灵魂，像
死者最后的呓语：宗教取代了宗教，泪水揩干泪水？

2

我们把风染成绿荫，把信仰嬗递到习俗
这是整个冬天未竟的事业。大雪只落到塔顶
这使我们有更多的空间堆放词语，更多时间来思考
有关的变化，看河流刚解冻就挤满了声音。

"现在不只是春暖花开的季节，你还可以欣赏
千姿百态的幻术。"一座森林说它曾把几株树苗
移植到我的梦中，更不可思议的是
一尾鲤鱼干脆声称它就是去年那只从屋檐上飞走的大雁

而石头是静默的，收拾支离破碎的水纹
河边的冥思使它想起在早些时候，自己只是
无关痛痒的沙子，其实它一直在憧憬
成为有血有肉的雕像，把自己忘掉，被时光纪念

除此之外，我们还遇到一群歌唱的少女
在踏青的队伍中，怀揣蓓蕾，袖藏清风
她们在不断地发育，却一再否认自己的成长
我发现她们脸上有涟漪，她们心中有微澜。

当然，眼见为实的人也无法不提及：在春天，
有这样一个亡命之徒，他心比天高，却苦于
没有翅膀。因此他往往只局限于行为本身，丧失了
立场，像可怜的灯芯草，为看见光刺伤了眼珠。

3

玄铁的夜裹住黄金的鸟，天空改换着羽毛的
颜色：天鹅本来就是一朵白云，乌鸦
则显得较为暗淡。至于阳光下隐形的露水，昨天
还在河流里撒娇，转眼就可能变成冷酷的玻璃

在香烟四溢的花厅，蜜蜂饮食空气中的醇液
一朵妙龄的花斜倚着一个古色古香的少女
我甚至看到：花流出了泪，少女的发髻上歇满了
蝴蝶，这使我一直以为停留在梦里。

而少女就是走动着的花，这是一个泛滥的比喻，
但我无力营造更为协调的意境，我又看到
她的鼻息中喷出九朵矢车菊，她的腕中
伸出兰草和茉莉，这使我幻想始终停留在梦里。

我需要从梦进入梦，由沉思进入沉思，由于
不断察觉到真实的混淆，我只从一个虚无
过渡到另一个虚无，从原地到达原地

却执拗地以为来到了更远的远方

"美在梦中，但我无法入梦。"
这是我在梅雨季节司空见惯的自言自语，像一个
相思成涝的人，爱在心中，却言不由衷
也像一个人渴望翅膀，却攒不足飞翔的勇气……

4

一年以来，我一直琢磨着如何进行一种完全相反的创作
并保持着高度的热爱；一年以来，我一直以为现实
不过是一堆错觉的碎屑，以为冰凌终会感动
但我发现过多的悬念已使我昏眩到只能看到困境中的春天

我看到在这个春天，一场雨可以换来二两香油
一截阳光可以温热一顿早餐。我看到
田里的庄稼长了，衣裳的针脚密了
也看到黑了的父亲的皮肤和白了的母亲的头发

而我却一直思考着有关变形的问题：木料
怎样变成箱子，行为怎样变成思想？不声不响的茧蛹
又如何成为灵动的蝶？我为此绞尽了脑汁
却只能牵强地说自己仍旧迷失在梦里。

"你想飞向天空，就必须从梦中醒来。"这是
一个拥有翅膀的人的诚恳告诫。看来，我并不是看不清

这种变形的行为本身，只是为了这个过程的
扑朔惶惑，并时而徘徊在问心有愧的情绪当中

而春天也快要过完了，我琢磨着如何从词语的暗室中
返回——这是一个人终身的事。疼痛堵住了嘴
我离开梦，却发现来到另外的梦中
稍微不同的是四周竖满了虚虚实实的镜子。

一只鸟的日常生活

意犹未尽，对一只尚在发育的鸟而言
睡眠甜蜜得如同一碗加了红枣的粥，
尤其是梦境（它看到自己在一个圆形剧场
的中央，赞美声遍布了每一根羽毛。）

但它深知："早起的鸟儿有虫吃。"
这是禽类的古训，是生存法则，
是一成不变的面具和反复无常的镜子，
背面是魔咒、梦魇和灭顶之灾。

我是在晨光中注意到这只鸟的，目睹
它的起飞，穿过树丛，仿佛气流
从一个病恹恹的人的肺叶之间
悠悠地吐了出来，昨夜的巢穴灰飞烟灭。

而觅食既是乐趣，也是冒险。
虫豸在松树的鼻孔里，广场的脊背上撒满了
谷粒。必须谨慎：笼罩着阴影的
食物比比皆是，那其实是只狞笑的笼子

有时候直接就是一把乌黑的猎枪，
从一束花后拐了出来，带来奇异的

身体体验：触觉上是冰，味觉上像胡椒
嗅觉上仿佛硝石，而听觉和视觉早已丧失

但今天上午，这只鸟的旅行一路顺风
它的进餐温文尔雅，有着不列颠的风度。
它活力四射，翅膀在空中描绘春天
后来就一直在电线上学小孩子跳绳

中午的时候它路过了一个建筑工地，
搅拌机的巨大轰鸣使它昏昏欲睡。
于是在脚手架上它打了一个盹，它梦到
城市上升到了它飞不到的高处，飞翔

开始四处碰壁。"多么可耻！"
它在梦呓之后醒来，时间像一张变色的
纸，现在是一片低沉的浅蓝色
午后四点的阳光犹如一个老妇苍白的手背

它的一天远未结束，对信仰的忠诚
对人类的敬意，促发了对艺术的向往。
它经过电影场、图书馆、咖啡屋，
像一个音符，飘入了一间琴房

它在钢琴上兴奋地跳跃（这巨大的家伙，
它曾经在梦中见过。）他试图弹奏德彪西，
或者肖斯塔科维奇。但他仅仅

在白键上留下爪痕，在黑键上留下了尘沙

哦，艺术就是迷惘，就是什么都不是
就是对生活的反讽或戏谑。
这只鸟，它在钢琴的黑台阶上秘密地出恭
再小心绕过白色的大理石，它的双足

像两根战战兢兢的弹簧。
干完这个，它撅了下尾巴，仿佛完成了件
伟大的作品。"行为对艺术的嘲弄
必须隐蔽，起码也得含蓄些。"

含蓄，像这个夜中的点点霓虹，对
时代深信不疑又颇有微词。
含蓄，像天空中散布着章鱼的足爪
无数的旅行在蝙蝠的耳朵中无从返转，闪烁其词

而一身疲倦的鸟，一头撞进了
我的诗歌（这样的归宿是否过于寒碜?）
它开始述说："所谓生活，
无非就是在疲于奔命中无所事事。"

那么，睡吧。记忆是长满苔藓的井，
沉湎其中的人必将以泪洗面。睡吧，
时间无处不在，它的触角缠住了黄粱一梦
昨天是你的青春，明天已是耄耋之年

落　地

我听见飞鸟落地的声音，我听见
翅膀落地的声音，羽毛的平缓舒展与
草间轻微的滑行，像美人的呼吸
和皮肤的绸子，大气明媚、弥散，稍稍上升

我听见青草落地的声音，我听见
声音落地的声音，从一段弧到另一段弧，
从完整的圆到更微渺、更无懈可击的圆
隐去哲学与美学，破碎、易碎与必碎。

梦的空间，堆满汉词的琴房与书斋
梵香沐浴的少女通过裸露达到呕心沥血后的
纤尘不染，灵魂的嗓子清净
又能否交出暗地里歌咏的十二枝梅花？

我听见梅花浅唱的声音，像阳光
斜斜地插在花瓶中。从远方送来大雪
又把花期送回到远方，一个人从冬天苦挨到冬天
花朵的一往情深，在他梦幻的土壤和水洼中。

而轻缓、潮湿，光和卷入大地的季风
掠过头顶或涌入头顶，血液的平原

看那些花朵被时光撑开，像雾和梦的穿透
像海水灌进窗子和朝向往昔的心跳，悬念消失

我因此听到花瓣落地的声音，我听到
声音落地的声音和另一个声音的
落地——悬念消失！悬念消失？
我究竟失去了声音，还是彻底失去了耳朵？

燕 子

我在秋风中看到这只燕子，孤身
栖于一根栾树枝条，默视逐渐暗下来的风景
我惟有把它比作一个身在异地的黑衣绅士，
他即使不回忆，内心的泉仍然涌出了感伤

但它调皮的尾时而裁剪着云朵，仿佛暗示
它对寒冷的置若罔闻，它轻盈的舞姿在空中
自然地衔接，从水之涯到天之涯
一只燕子飞过，而我看到的是十只燕子

它们在我向往的最高处联袂，继续着
类似于春天的精神演出，嫩绿摇为鹅黄
秋风中的十只燕子，它们要倾力弥补
时序中偶尔的疏漏，慵倦与窳惰消弭无形

我因此感到大气的充沛与河流的偾张，
并由此看到无数的燕子沿着风的速度飞翔
引领着大地的田埂和梦境中沾水的花枝
返回古老的秩序，我看到的十只燕子是一只燕子。

我在秋风中看到这只燕子，孤形只影，
在雨中它是一件蓑衣，在深山

它就是一块沉静的玄铁。独立于无边的秋野，

我目送它飞离，每一次翅膀的振翮都是斗转星移

老虎，或曰凶猛的词语

在笼中它悠闲地踱步，偶尔的一瞥
露出凶光，亮出它贵族的血统。
它的花纹醒目极了，像漫山遍野的
罂粟花。而它牙齿间的腐肉
显然来自一只身世可怜的兔子。

我眼前的这只老虎，渐现苍老
在精神的禁锢中颐养天年。
它来自孟加拉，或者苏门答腊的
热带丛林，在那里它
追杀，噬咬，浴血奋战，
把它的赫赫战功写入西天的晚霞。

而现在围绕在它身边的，是钢铁
政变的士兵，借自法兰西十六世纪的
历史。但他帝王的威严依旧存在
你看，它惊飞了一个孩子手中的气球，
还震慑了一群蚂蚁的偷渡。

而我在寻找的，只是一个勉强过得去的
比喻，让老虎滑过来，像树叶溜冰
不是奔跑，在它童年记忆的草原。而这些

仅仅是为了避开尖锐的书写。
犹如一个出席会议的人，避开了
冗长的报告，在餐桌上现身
他鼓掌，正襟危坐，举起饕餮的叉子

觊觎着食物，觊觎着从另外的地方
露出马脚。深夜的老虎，在纸上
昼伏夜出的老虎，它隔着窗户
与我对视，随时企图跃入，在梦中
统治，月亮只是一盏软弱、虚掩的灯。

加西亚·马尔克斯

像磁石投向了命运，男人不断奔赴行刑场
女人升上天空。此刻无数的黄叶
悬浮在空气中，迟滞，比任何时辰都平静的
河流与血液，原始森林中充满黄昏的腥味。
马尔克斯，背靠海水怀念海水，
他的眼中是陆地、迷宫，
沉重的，不可言说，拒绝倾听的家族史。
而他置身光和幻象形成的轮廓中，
在巫术和愚昧的呓语中，无限的静默，
时间已将他遗弃，留下先天的长达百年的孤独。
仿佛泪水积淀的河床和无边无际的旷野，
无限的静默，我一直以为
那是怀疑、真理，深情的控词，
这魔幻的，无所不在的拉丁美洲的孤独呵。

红楼梦，第九十七回

火焰，从纯净诗歌的内部上升
弥漫到天边和庭院咯血的肺叶，
在继续滑向柔软镜子的同时它遭遇到
杯盏、黯昧的花朵和抱病的月亮。
而镜中阴晦的道路把它们推向两侧，
静止的石头，疾速下陷的林木，中间是
黄金的锁，把持了退路和幻境。
唯美主义者坐在远为巨大的圆环
和萌翳中，服从着命运，
他的四周是两盏宫灯、一对红烛，
精雕细刻的丫鬟和一个蜡质的美人。
他以为这些都是邻院的妹妹
他咫尺天涯的妹妹，恍若隔世的妹妹，
而他从未料到一切是一场梦。

天鹅的夕光

沉寂下去，停止了荡漾的傍晚和湖心
如果天鹅仰起颈项，像一截水汽笼罩的时光
反切入水，傍晚的湖心就这样沉寂下去。
你看它琥珀的羽毛上沾满黄昏的飞絮！天鹅，
它颂扬神迹的来临：光从翅膀上围拢
又逐渐扩散到玻璃的表面和水纹的核，
形成最后夜晚的惟一照耀。
宛如我们以一生中最丰盛的季节喂养诗歌，
这天鹅的绝唱，在愈显轻柔的往昔中
沉降；灵魂逸出白玉的骨殖，
但并不飞向我们妄自揣测的幽冥。
此后它的身体是一件乐器，是空匣子，
是丝绸、锡箔或者更为松弛的事物，
这极易使人想起欣然饮下鸩酒的年迈的苏格拉底。

埃玛·宗兹

从一面菱形的镜中看到了埃玛·宗兹
和她短暂的昏厥：被变形的词语
遮住面貌，夺去贞操。
她穿过几个没有名称的街区，罪恶
正在散去，地底的烈火使她忘却了内心的
颤抖。她的四周是不可能的事物。
（她并不知道她行走在博尔赫斯的语言之维。）
但随后的杀戮是真实的，至少她的
羞怒、憎恨、恐惧已为我们所知。
虚构的只是时间、环境以及一两个姓名，
这并不影响我们捐出泪水，献给
大师言辞中的奇迹：一个
没有面容的形象被缓缓说出，像确凿的
历史，但我们却对自己的存在渐起疑心。

湖边的月亮

谁看见了月亮？静默的水草站在湖边
——谁从两面镜子的凹光中看到了明澈的月亮？
水中的，悬挂于无声的蓝色
天上的，轻轻地荡漾……
茫茫的夜色茫茫的水，茫茫的香气茫茫的梦，
谁在无限的恬美中看到了忧伤？

一个歌者，漫步于月光的围裙
他俯身湖面，水纹散去，而他胸中的花瓣围拢——

"月呵，美丽的清辉被水葫芦的叶子
吸吮，在湖的另一边，水鸭子
漂浮在淡淡的爱情里，一个神话中轻柔的岛屿
弯开的弓弦间平铺的风，我
不洁的双手呵，怎样捧起你圣洁的面庞？
并阻止我一生的梦全部回到虚妄？"

一切只是虚妄？歌者在自己的声音中
看见了跌倒的影子。月亮揉碎在摇曳的水波中
大气冰凉，你看那天上的月呵
经典歌剧中的旁白，芭蕾舞蹈中弧形的脚

"你从哪里来？远远地让我看见

但无法靠近？天边不落尘埃，月呵

敞开一半的胴体，像婴儿滑润的啼哭

天真到没有繁复的光泽——

我失去的梦在天边升起，有着九月的宁静？

十月的悠远？不再是一个反复呈现的幻象？"

不是幻象？这是午夜的湖边

一个歌者，踯躅在月亮与月亮之间的孤独中

他对美怀有向往，也心存些微的恐惧。

虚拟的谈话

（为 MYL 而作）

窗外正在下着雨，无形的谎。朋友
我想到无根之水在喇叭花上
轻轻地爬，也许也会漫上你的嘴唇和
清净的耳朵，如同心灵
在电流通过时遇上了俗世的烙铁。
你也许正在一盏灯下，或者坐在
一面镜子中，这些并不重要。
你也许在读巴赫金，和他
交谈（那必定也是虚拟的），或者
在一本书中翻箱倒柜，有时雕花，
放上一两颗樟脑丸，这些也不重要。
关键的是，你也坐在一个乌有之地，
解构着周身的万物，如果
加强虚拟的语气，交谈将退向静默
像窗外，寂静逐渐暗了下来，
有形的雨仍然在下着
那些无形的，我们不必用心去看见。

健身操

设身处地，这里适合俯瞰
适合观察事物的局部和细节：看，
在夜色中，牡丹的舌根是微微
上翘的，而草的静脉，泛着淡银的光
仿佛水中游动的小蛇⋯⋯
还有⋯⋯在真相面前，可以
言无不尽，当然也可以沉默，
这取决于对疾病的态度，你不是
政治家，也从来不是无政府主义者。
所以，设身处地，这里并不能
居高临下，也无法高枕无忧，
和站在山顶上看风景更是两码事。
在我的下面，有光、无光的区域
或者光和黑暗互相稀释的边境，
多少事物盘根错节——
扇子、剑、诚实的铁，在一个节奏中
彼此信任的，到了另一个节奏
反目成仇。从上面看
一个人的右手，不见得就比左手
灵活，它们蹩脚的一致性，
仅仅是为了顾全短暂的锻炼——
点头，伸手，踢腿，跳跃

对形式主义的迷信，而对我而言
这无异于腑脏的地震，至少
考验了面临下岗的牙齿：
要紧紧咬住！像蜡烛咬住神龛
像喇嘛庙，咬住西藏神秘的雪山。
要紧紧咬住我的身世，我的祖国！
即使悬在空中，也要咬住
乌黑的浓密的乌云，
像一支尽责的细发簪那样。

广州送别

感情的立体主义和控制论。这是
广州，花团锦簇的商品经济的壳。
这是流花车站，这是十二月，下午六时
这是空间、时间。有形的正被抽象
像五脏俱全的动物变成标本，
抽出了仅供揣摩的骨架。
人群还在不断地涌，从北京路、上下九
更远的，从天河刮过来，像风
把我们吹成了几颗无语的沙子，顺势
揉进了列车浑浊的泪眼。
那些高大的建筑物，在记忆中
仅仅是几个僵硬的色块，随着夜色的到来
颜色还在继续加深，直到成为玄的大鸟。
而在西天悬挂着的夕阳，
它的余晖是有气无力的线条，仿佛
回到了莫奈的艺术中。
但是否也同时回到了一场梦？
T68 次，从广州到武汉，梦里
是月光拍打着光秃秃的树梢，
是铁轨咔嚓作响的声音，是
裹得越来越紧的冷，一个空茧。
只有梦呓，吐丝似的，探出梦外——
"孤独是贴身的，而美则是身外之物。"

在音乐的缝隙中写

一杯茶是新沏的，刚刚换过了
一张唱片，现在的位置，在肖邦和
柴可夫斯基之间。也许略微有些窄
但可以容得下一两个身段较好的词语，
譬如：寂静、缥缈。
时间是散在空气中的，仿佛没有
仿佛大朵大朵的梨花在纸上开着，像
月亮的喜脉那样悬着。
另一个乐章似乎卡住了，在 A 大调
或者 c 小调，大提琴有些臃肿
一个音栓漫不经心地透了口气
行板变成了慢板，慢板溺进了水中。
呵，写作怎么也是这样？前不着村，后
不着店的。那些词，没有指向
并不能说出：有或者无，
或者若有若无。惟一的是轻，
没有骨头的花粉，在音乐的缝隙中彷徨：
它的上边是白雪皑皑的波兰、俄罗斯
或者另一个具体的祖国，它的下边
是绵亘不绝的劳动的脊背。

短　思

我发出一封信，石沉大海
后来我连续发出几封信，石沉大海
所以我干脆寄出一枚石头
在收信人一栏，我填上"大海"
我想，即使你收不到，它也许
会因为超重被退回
这也会给我的心带来片刻喜悦

夜曲：小布尔乔亚

—— 兼和王晓渔

这忧伤！它来自霜降、鸟鸣、秋虫几只
也同样来自音乐中最潮湿的部分。
而茶是祛寒的，我没有
碧螺春，只能替之以信阳毛尖：
它们一根根立在水面上，像
倔强的头发，但若要即情即景
不如说更像蒲草或鱼群，在院前的池塘，
傍晚来临，这是它们的出头之时。
院子里早已静阒，微风一摇
满地都是月亮的牙印。
桂花树妙影婆娑，它腋下有旧日的书香。
我随手翻阅的恰好是一本怀旧
杂志：维多利亚时代——
王尔德的，也是伍尔芙的。
有轨电车、歌剧院、下午茶，
还有晚宴上宛如蝴蝶般穿梭的淑女。
而这时，小曲儿来得恰合时宜
无论是舒伯特、海顿还是比才的。
多么柔和啊，软过枕头
软过睡眠，在梦中甚至比回忆更软。
那些旅途中的颠踬、泥土深处的苦难，

现在像不像一颗高粱饴软糖？

不妨专心听这小夜曲，小号、小提琴

小院子、小房间、小脸孔，

小顽皮、小忧伤、小 BOURGEOIS。

春天的暗房

哈！这撩人的职业病。在暗房
他看到什么，便是什么。
桃花是他，蝴蝶是，飞鸟也是。
如果看到一整座春天，他便觉得
左眼里有谷雨，而右膝关节
则埋伏着惊蛰无数。
而他从未怀疑过自己的视力，正如
相信镜头、底片对光线的判断。
他知道春天来了——
外面必有明媚的光，明亮而晃眼的
少女，在公园，或在 T 型台。
（他甚至有些想入非非了。）
他还知道可以摘去帽子、围巾，
要留心花粉、蚊虫和病菌。
这生活的经验来自定影、显影
事物的还原，或它的"像"，
如同从书本上获得的光学原理。
在成群结队的胶卷面前
他甚至想："我拥有春天的流水线。"
可是，当他试图从中找到自己
却是徒劳。其实他只是一小片黑暗。

时光问答

我要寻找的那个词——它代表一切
代表了所有的寂静。可我始终没能找出的
是那只钟的破绽。它确凿地走动
它内心的轴承也许是一株
含羞草，它的柔弱只能让你苦笑。
一晃七年都过去了，我错过了
多少清晨、黄昏？在落日下，
为什么我总是感到卑微？像蝼蚁？
我的赞美给了谁？谁在赞美中变善？
"语言是用来行善。"我看到
那些旧稿，它们曾经是歌手，或者是
怀疑论者，但现在都成了哑巴。
惟一出声的还是那只钟，它只用
秒针走动，这带有轻蔑的味道。
你听——滴答，滴答
多慢啊，比蜗牛还慢。完了，衰老
在加速，事物们的混淆
在继续：茉莉花和兰花的香味
邻居们的长相、衣着，他们
篮子里的水果。我和许多人的相貌
对异性不怀好意的想法。
另一个七年？要绕着操场跑多少圈？

我在寻找的那个词并未现身——
它代表一切，在自由的意志下清晰。

鲁磨路

一路往北就是磨山，名片上的风景区
白云、蓝天，仿佛空中的湖光山色。
而梅花是深秋的盯梢，在雪的掩护下
埋下火药，红色弹片溅满了植物园。

这里距离磨山还有好几站路，要经过
几个医院、研究所，几座深闺似的校园
在地图上，我看到公交车避开了情感的
红绿灯，驶向林木掩隐的回忆，那里

风景模糊如同一位故人的脸，但总有
三两物事，清晰，加深了我们的怀念
仿佛一颗痣，在酒窝的花萼里蹲着
美因此服从采摘，服从半信半疑的欣赏

"我是一个容易被打动的人。"这等于
承认：我的血脉是陶瓷，心是琉璃。
忧伤是我的习惯。那么多的落叶在我
身体里堆积，发酵，风吹过来吹过去

但秋天的嗅觉堵塞，敏感的是媒体
早上，报纸说通向过去的路在扩建

旧房子要拆除，梧桐的赘枝要伐掉
一座中心花园，可以规范群众的休憩

在偏远的小区，我甚至听到挖土机的
轰鸣声，花朵们的欢呼声，政府要员
热情的讲话，当辎重队整装待发之时
这真够他们忙一阵子，"劳动创造了美"。

而我仍停留在一杯苦茶，一首老歌
偶尔的阅读也被冒失的鸣叫打断，来自
长着翅膀的词。飞翔是四通八达的吗？
生活的一半要靠安慰和视而不见的虚构。

快速说话者之歌

1

起先总是一只鹦鹉，衔着红铁
从医院里洁净的空气中穿过。
三两个护士叽叽喳喳，整个下午
她们在讨论对面商场橱窗里的鞋跟
能否高过八号房间里病人的体温。
而这只鹦鹉，从不可能的森林里来
华丽的羽毛，插在慰藉的花瓶中。
它叫着，嚷着，模仿
天籁的铃声。越来越响亮，越来越
急促——护士们继续着拖泥带水的
交谈，其中的一位还不耽误工作：
她拿出剪刀，将声音的脐带断为两截。

2

要从最亲近的词开始牙牙学语，要
从牙中取出智慧的芽。
她先要学习对事物的指认，对谬误的
指摘，不能指桑骂槐，也不能

指鹿为马。随着成长，她要
熟习造句，把词语抽象的根植入
看得见的土壤；要练习发声的技巧，
使拒绝婉转，如同接纳。
如果有闲工夫，还要努力把嘴皮儿
磨薄，像刀锋那样快——
"吃葡萄不吐葡萄皮……""南边来了个
喇嘛……"哦，相声中俏皮的逗哏！

3

"听！那女子倏地把歌唱。那女子的
嗓音扯着细绳子直往上蹿。
它踩着高跷呢，在名誉的钢丝上
走动，避开了扩音器的耳目。
它翻着筋斗呢，你一不留神
它就溜到了云遮雾罩的、神学的崂山。"

"那女子唱的是花腔。那女子
宽敞的肺室中收藏着无数锋利的花枪。
她一张嘴儿，花朵们雀跃了，
奔涌开了。你看哪，月季花儿，
玫瑰花儿，从丹田中吸气。它们绽放
多像一束红缨在杀气中腾挪。"

4

那哽在她喉管中的，是表达的弹簧
而不是权力的塞子。所以当她混迹于市井，
不必如甘蔗林中的兔子，躲闪生活的甜。
其实完全可以更轻松些，和邻居们
开开玩笑，到菜场去讨价还价。
可以加快说话的节奏，效仿火车
提速和消费在新闻里的增长。
还可以顾左右而言他，以防舌头的腐烂
可以在互联网上植树造林，虚拟地
执法与行善。只是要隐瞒个人的痼疾，
核桃藏起结石，莫要让游医
顺着言辞的藤（疼）摸到了胆中的苦瓜。

5

说吧，头昏目眩的夜。说吧，时尚！
满月升起来了，它的光，它脸上的纹理
仿佛一张激光唱片。说吧，快，
再快些！翻过速度的山脉，以
慢下来的一段音乐，稀释时代的激情。
"可是我们的行为，多么接近于
无中生有。""是语言的王水消解了它的光泽。"
不如坐进虚无里，事物们

流出去，漫过了我的身体，秩序
是缓慢的。我试图说出喜悦
吐出赞美的荔枝，而大气堵住鹦鹉的嘴：
"赞美是无法说出的，因了你的缺陷。"

夜晚，唤醒······

夜晚唤醒的街灯像回忆唤醒的
黄色小花。夜晚唤醒的墨汁，在车流中
潜泳。夜晚！唤醒广场、霓虹，
看吧！夜晚唤醒的健身舞
正擦去梦寐的徒劳。呵，小小的痒！

夜晚唤醒的植物，晾着微苦的肺，
在街道两边，踮起了芭蕾弧形的脚尖。
它们披着水雾一般的阴影
这扇着翅膀的幽灵，当冥灭
掩去它的声息，风吹拂我内心的敬畏

（我注意到它们是一排排的水杉，在风中，
有婆娑的身姿，腰肢细过塞壬的歌喉）

而歌声，也由夜晚唤醒，在黑暗
隐秘的子宫中。灯红酒绿。那
不愿睡去的欢乐，多么像鲜艳的苍蝇——
它有湿润的触角，唤醒身体里的火苗，
幽蓝，吐着柔软、敏感舌头的小兽

那被唤醒的，还有刀锋的柔情、镜子的

寂寞，少女们头顶盘旋着过眼烟云。
那被唤醒的忘却、伤逝、勇气、贞洁……
被唤醒的责任——夜晚戴着头盔。
一阵迟到的初夏雷声，攥住它容忍的细颈。

惊蛰，惊蛰。被唤醒的还有虫豸轻微的叹息：
"夜晚，唤醒我小小的甜蜜的负罪感。"

那些树木有淡蓝的灵魂……

请相信，那些树木有淡蓝的灵魂，
它们体内的光，容易被看作鬼魅的暗影
穿过暴雨的步步为营。那同时泄露的
幽香，若不是借自深闺，就是来自
朴素的美德，但比美德还要薄一些

请相信，那些树木有轻柔的触觉，
无数细碎的墨绿色的舌头，舔着
月亮冰凉的小腹——神秘主义的后花园
远远看去多么像只小白瓷碗——
若隐若现的花纹，视野或命运的测谎仪？

而那些枝丫横斜的疏影，仿佛淌着血迹的
手臂。顾虑的匕首，时光脆弱的叶脉

这也许真是致命的，尤其对一个
异教徒来说。"我积攒了太多苦难，
棺椁将是一块巨磬。"他看到那些树木
在尘埃的氤氲中吐纳，气定神闲……
他依然是轻的，游移的，经过肉体的苦修

精液并没有提升到大脑，但氧气和水

已暗中运抵了树冠：虬枝要舒展，气孔
要吐出光泽，年轮积敛了圆润的品质。
那些树木啊，在大气中飘忽，如果从身后
围来，就是记忆里突然拔起姓氏的骨骸。

请相信，那些树木有前生，有来世
甚至其中的一株，掖着亚当隐秘的族谱。

夹竹桃

慵倦，清风一样蜷在藤椅的篾缝里。
在似睡非睡间，一个老妇午后的小寐
犹犹豫豫：她脸上的皱纹一张一翕。

在不远处的树阴下，年幼的孙女在
跳皮筋。蝴蝶结踮着脚尖起舞，在头顶，
生命的弹性考验智慧的脑袋，在脚踝。

"夹竹桃又开了十三朵。"寂静的终止
从老人的喃喃自语开始，"我听到了它们
干净利落的绽放，像喜不自禁的爆竹。"

"一朵，两朵……"孩子掰着指头在数，
近在咫尺的童声。数到三，她做了个鬼脸
数到十，仿佛是核桃般的老人做了个鬼脸

即便在如此短暂的瞬间，孩子的注意力
仍然开过小差：微风扬起晾衣绳上的胸衣
短裙上的小碎花儿险些把她捎到了野外

当数到十二时，她停了下来——个头不够高，
尢法看到树顶的一抹粉红，被条状厚叶遮蔽——

这是视觉不可避免的局限，不仅在孩提时代。

"奶奶，你要是明眼人就好了。"幼稚的孙女
扑进老人怀里，像嫩茎制成的强心剂和眼药水。
也许更需要另一片寂静，终止语言对生活的粉饰，

她仿佛陷入绵里藏针的倾听，夹竹桃那落沙般
盛极而衰的声音。在历经了若干年的黑暗后
无以计数的光明，突然泻向她所剩无几的衰老。

游　湖

你梦寐以求的近在咫尺，已经与你照面。
　　　　　　　　——荷尔德林《返乡》

明明是游湖，却屡屡被抛上一座座小岛。
在树木掩映下，石雕凝固本地的趣味，
石阶衔接风景，游人们不至于在散心时
也走投无路，那偶尔绊脚的衰草
不过是些颓废的点缀，和前面不远处
的喧闹相比，它将更快地化作飞灰。
"这边有佤族歌舞，那边是梁山后寨。"
植物学的移花接木，开始垂青于
民俗学和历史学的摹本，在浮桥上，
有限的知识随着身体的累赘摇摇晃晃。

"陆游号"泊在岸边，它熄掉马达，
而动荡的湖水却让它欲罢不能。
游船的名字与那位声名显赫的南宋诗人
并无瓜葛，这样的一种巧合，
或许是暗示，万物皆有穷尽的可能？
看，那些已经把美景尽收眼底的游人
登上了船，他们的说笑声在跳板上

弹拨，一两朵鄂南的小花缠绕着
女游客多情的食指，仿佛捎自恍若隔世的
梦境，无奈的返程于回味中如沐春风。

船向着湖心驶去。湖面上，斧痕
继续开凿。青黛的竹林、翠微的远山
在逐渐暗下来的天色中化为乌有，仿佛
它们的绿，一滴一滴地溶进了湖水。
月光也是湿的，没有颜色，它与湖水
一起流动，在无法目睹的地方交媾。
在肉眼可及的连接处，雾气袅袅
像声音悬于半空，给安静的外层
罩上另一层振聋发聩的安静。
游人进入了梦乡，疲倦由来已久。

此刻，游船在一片豆荚地间航行，
既畏葸不前，又乘风破浪。
在它的必经之途，豆荚的迸裂
忘乎所以，像原始部落的神秘祭舞，
像绿林好汉的肆意狂欢，在酒后。
豆荚在水上跌宕，粉身碎骨，成为水的
另一种形式；游船在水上滑行，
过于渺小，水填塞它过去和未来的虚空。
"并非存在，只是暂有。"屏息
凝神，喜悦的湖水濯洗悲伤的脸庞。

那些尚在梦中的游人，等待登岸的汽笛
等待湖边饭馆刺眼的灯光和小市场的
叫卖声将他们唤醒。在片刻的
流连后，他们将各奔东西，远离
这片辽阔的水域。如果还有回忆，
他们将纪念岛屿、歌舞和影视剧的拍摄地。
而我必将一无所获：苍茫铺天盖地
便无迹可寻。它伏在我的身体里
拆卸骨头、铁锈和一切坚硬的物质，
你即使脚踏实地，也只能随波逐流。

祖母灵前一夜

她躺到黑暗里去了，矩形的黑暗笼罩
这暧昧时光的一截，没有根须。
躯体在逐渐冷却，不是在
流动而明亮的大气中，像街灯的热情
受制于这谨慎的、疑神疑鬼的黄昏。
它曾经温热、确凿，直到遇上
凝固的时间。一阵向北吹的北风
把她赶到了黑里，在天将黑未黑之时。

她的两个女儿，坐在她附近，
在黑色幕帘和低旋的哀乐下
陪伴着灵魂的笃信与流连。
夜深以后，打盹代替了时断时续的哽咽，
阒静，使泪水形同虚设，怀念
指向了无形的形式：寒气从地底升起，
植物替她呼吸，挨过最后一宿
矮小、缠足的灌木也交出苍老的倒影。

较之她漫长的一生，这一夜纵然
星光满天，却也恍惚可疑。
这一夜是否仍属于她，即使考虑到
生命的惯性？或者只属于这些

在灵前守护的，因喜丧难得一聚的亲人？
他们双眼深凹，面容瘦削，在
沉思中，死去的人活过来。她逃难
持家，驼背带孙子，有着不同的年龄。

而将结束这一切的，是蒙面的拂晓
灵车被照得雪白，在冷清的街边——
一个吹口哨的人走过去了，还有
一只瑟瑟发抖的瘦鼠，当喧天的锣鼓
抬起她，仿佛抬着一口沉睡的枯井。
一路上，她的重量在慢慢减轻。
昨夜的庭院里，灵堂已迅速拆除，
仿佛在殊死搏斗中咽气的枪支。

暖　冬

为什么小雪迟迟不来，被麻雀
持续的焦虑取代，而不是优美的弧线？
为什么冬日轻抚着那些人的脸，
他们却袖起手，把腿脚焐进了黄土？

为什么枫叶的骨架深埋于洞穴，
蚂蚁的铠甲悬挂在树梢？在向阳的
墙根下，我好歹找到一小片安详，
正试图熨平两三个快要出窍的核桃。

等到年关一过，一座小镇的迎来送往
将变本加厉；送行的人群走在
素净的北风中，像两排疼痛的牙齿
阳光犹如挑剔的牙签，扎向路上的沥青

在光线的左侧，高耸的煤山像回忆，
挖一铲便少一铲；在右边，砖瓦厂
的暗影哮喘不停。为什么寒冷未能带去
痼疾，暖冬却送走了并非多余的人？

为什么气温继续升高，只待一场
甜雨，榆树仍怀念去年的叶子？

为什么虚构，在遗忘的土壤抽芽，那些
睡了一冬的魂魄，还没有破土而出？

怯懦

失去了月亮，它不得不委身于
更加冰凉的岩石。旷野中的局势
渐趋明朗：风翻越抵抗的山脊，
在摧枯拉朽中，它对天色的幻想
成了白蚁飨宴时的笑料。

那传说中生吞万象的庞然大物
至今并未出现，飞沙走石
是荒诞剧中以讹传讹的道具。
而羽绒般的阴影滑动，多么像
道德的自来水溜进它偶尔光顾的厨房。

朋友们的来信，寄自遥远的乡村
犬儒主义的云游，被投放在
有名无实的空山。他们的
问候，渐变为无关紧要的客套，
那煞尾处的笔锋，必将矛头指向

它从事的为渊驱鱼的营生。
它果真在洞窟中，接受了壁画的
教育？屈从于伦理的暴政？
像胆小鬼？"哎，你们并不知道，

本地的夜色是那么地撩人！"

正是它流连的，偶在的悠闲
伤害了它。它的苦胆像是羞辱，
藏掖于沉重的肉身。在
越来越萧瑟的深秋，落日仿佛罪名
跌落在它愈发苍凉的晚景中——

它只好踱出岩洞，沽酒买醉，
在虚寂中，才能贴近早夭的月亮。
而平日里，它成天舔舐浮灰
在银器的幽光上，抽空也偷食
书簏中受潮的《孟子》，像只蠹虫。

猫

多年以后，当他坐在歌剧院里
仰望天堂的远景，在舞台上如脚手架般
机械地升起，他一定会回忆起
那个遥远的安静到近乎滞涩的黄昏：
一只半人高的老猫，身上的皮毛
多处脱落，露出麻褐色的斑，像个癞子
它挟着威严的丑陋和怨怼的目光
以并不优雅的猫步，将他逼向
布满蛛网、蝙蝠的阴影和尿臊气的墙角。
在昨夜，他们也这样对视过——
他满心好奇，掀开纸箱里的被褥
探视生下不久的两只小猫，却不料遇到了
它惊恐的眼神，充满了敌意。
时间有过片刻停顿，芝诺的悖论
但空气，却真切地呈现出冰的形态。
在寒意中，它叼走孩子中的一个，
在逃遁的慌张里将它咬断了气。
这丧子之痛，让它多余的奶水化作
以牙还牙的力气，在黑暗的角落
它猛扑、噬咬，利爪抓破
他嫩生生的童年，留下疤痕、愧疚
和延续至今的隐痛。

当他写下这些，又遥遥想起
这体无完肤的老猫，在铁链拴制下
耗尽了最后的癫狂，倒在苍蝇的尖叫中
他又恍若置身于安·洛·韦伯的构景，
怀旧的腔调，二氧化碳的暗语
《记忆》涌出如莫名的悲哀。
这悲哀，不是为了过去和难以捉摸的
远眺，而是这个下午慵散的一瞥——
陷在软骨沙发里，一只纯白的猫，
有异国的风情，催眠的叫唤
像是无关痛痒的蓝色春风在献媚。

牌 戏

这是我写过的一个短篇，在多年以前
我将它毁于对模仿的自责，同时
作为青春期幻灭的摆脱。
但它的故事梗概，像枝形吊灯在摇晃
智齿在疼，幸福在反唇相讥。
我写下一副纸牌，预言一个人的命运：
他将戕害自己的兄弟，死于一柄剑。
为了逃避咒语，他背井离乡，
一路向西。他赶路、习艺、历险，
快要走出大地的颠簸和意志的崎岖。
当他接近一座似曾相识的
玫瑰色村庄，从晚霭中窜出了
蒙面大盗。他拔刀划破强盗的胸膛，
纸牌像屈辱，在血色中翻飞。
他把刀锋随即对向了自己，
宿命地使用了旅途中习来的剑术。
当年我虚构这个故事，还受到某种驱使
预言过一个女人，带来绚烂的伤害。
我把它当作涂鸦、玩笑，
激情的犬儒消费。此后我不再提到
这在海底沉睡的废铁，它
也并不曾是身体上的肉。

我习惯息事宁人的生活，直到
一个朋友和我谈起古希腊的盲人：
她说在阅读中他们多次邂逅
在玻璃之城，在被飓风卷走的小镇。
我也想起在《祥梅寺》，剃度的
俄狄甫斯让我心存敬畏。
我还想起一些相识和不相识的人，
用笔写下归途，走向岔路。
这就是命运的分歧？它要
速战速决，我们却疑神疑鬼？
我庆幸多年前毁掉的纸牌，对写作
恭敬、小心翼翼，小心它代替
卡桑德拉说话，而它依然是，不可能不是。

旅客与凶年

想起了雪，跟随着我们的旅程
过九江、鄱阳湖、景德镇，到婺源：
最美的乡村，素得让人心惊。

那些徽派建筑，乌云咬着屋顶；
那些小桥流水，困在樟树的恼人气味里。
那些湿滑的窄巷，狂吠的狗，那些

浮雪一样泛在浅坑里的兴致。
回过身来，车驶进黄昏，沿着
无声的融化，温暖的疲乏仿佛

歌声挤山草原的寥廓：早春的热空气，
奶水在半空撒欢儿。它跷起右轮拐弯
撞向路碑、向山岩，突然停住，瞪着背后

一望无际的寒冷，与孤星般的惊悚。
我想起这险些结束的一年，
不过刚刚开始，不久前还有另外的旅途

如今不提也罢。我们下到路边换气
在夜晚，丘陵上的雪吐着淡蓝色的光
它还没有放弃，多么令人感激。

梅 树

梅花都败落了，梅树得意而招摇。
我听到有人在惋惜红，有人在赞美绿。
我鄙夷他们借腹遗珠，又厌恶自己。

厌恶这眼，这耳，这皮囊，
它们可笑的组合在亭榭里喘息，
梅树之荫，使他在大白天想起新婚之夜。

于是竭力回忆梅花，且作饮水思源
一大片红，曾让人又惊又喜，在山坡上
像染色的空缺：记忆力确是衰退了，

他有意解嘲又难掩沮丧。
不如出神，不如厌恶自己。不如看这
梅树耀眼，仿佛洗过胚胎刮了骨。

唯可庆幸的，我仍是美的左派。
我曾有一个过去，那是你给予的；
我还有无数种可能，那是你的。

但为何屡失无尽春醪？看那梅树，
绿在泛滥。像生活，时常令人难堪：
我感动于你不屑的事，你烦恼于我倾心的人。

小窗边的室内诗

果盘、圆腹侧的小刀、受胁的郁金香。
静物并不连贯，睡眠可望而不可即

黄昏的触角粘着玻璃，软体的乌贼
它的硬壳藏于泪水。

几株枯树，或许不值得怜悯，
黑脸的乞丐，也只讨来暖和的白沫。

孤立的商铺：药房、饰品店
自助银行，像病床一样被机械隔开

我，站在窗边。一个冬天都这样冷
一个冬天都是素描，枯燥的情感。

感谢蚂蚁，在眼前的光滑轻轻一爬，
手指在栏杆上一颤，久违的心动。

在瞬间，局限的场景跑来许多孩子，
过了今晚，他们也将是有灵魂的人。

雨，雨夹雪

（为 LXJ 而作）

往往是这样，不是微雨，不是持续的
甜蜜将我们击中。这闪烁的雨，
踩着霓虹灯的节奏，它渴望春泥
而你早已烂醉如泥。
它令人神清目爽呀，但久而久之的
拉锯战却让人苦不堪言。
你在心里咒骂，湿淋淋的婚姻，
却又愧疚所犯的糊涂。
犹如雪，增添颜色，增添重量
大片鸿毛纷纷脱掉了鸣叫。
为了伤害自己，难免伤及无辜，
为了受折磨，不惜不停折磨。
你在路边叫嚷，没有车愿意载你——
天气的暴戾，同样始于温柔的层峦叠嶂：
不会有持续的甜蜜将我们击中，
生活往往如此，但也仅限于此。

解读小镇

只有磁针的退步依然指向炊烟袅袅
绕过被拆卸成木块的房门，院子里
栽果树，过冬的白菜攒着翠绿
只有消化不良的人仍在施肥给逍遥

电影院，垮掉了。一种新的形式主义
在废墟上重建了审美。同一场大雾
笼罩着邮政所，它熟悉的道路
在家信中蜿蜒，最近也很少被提及。

只有在河边，登上堤岸，才可以看到
屋檐压下来，像鸟群侵占了苔藓。
农业包围着郊外的暗区，黑色电线，
把无可奈何的光明粗野地越升越高

运沙船挖掘自身的沉重，它如果不废弃
人口会继续减少。为了经济的浪漫，
剩下的少数人，只能避开暂时的困难
而疲惫的娱乐恰好应付他们消极的气力。

只有外乡人慷慨地说它并非徒有其表
墙上的标语是古董，逃过火灾的阁楼

可以上溯到晚清。作为称职的导游，
她天真的揶揄，不妨听作一声高调

只有小径一条，通向个体的奇迹，
它畏畏缩缩，穿过草木嘈杂的童年，
像乳汁喂养浓血，河水漫过杜鹃
这里是尽头，显然也是全部的开始。

壁　虎

可是在警觉而温暖的动物身上

积压着一种巨大的忧郁，它为之焦虑。

——里尔克《杜伊诺哀歌》

将会有，将会有戏剧性的一幕

在远处阻截他，蛛网像鬼魂游荡。

从自由的生命沦为

挣扎的食物，蚊虫的小意志，

蓄积，逆转，毁灭。它被缚的飞翔

将被栖息吞咽，不如糖果，

一层层剥掉甜蜜，在预感的味蕾。

如是说来，他的发育，是个错误，

不可避免的颓废像定时炸弹。

哦，他嗓音沙哑，一张嘴

就吓到了自己；他在镜子面前

搜寻身上的茸毛，心中的松脂

已经攒成一个琥珀色的小球。

难怪，他每天把废纸揉成一团，

反复射向倒伏的墨水瓶盒，用手指。

这技艺，让他的孤独变得饶有趣味，

因为能从空旷中准确地找到狭窄。

当他掐掉灯光的昏黄，放下蚊帐
高速转动的磁带会及时送来
曼妙歌声，隔壁孀居的妇人也一样。
他隐约意识到，录音机上的磁头
仿佛两只无助的眼睛，
他在惊恐中等待愉悦的到来。
过了半夜，我才能在屋檐下的斑驳中
看见他贴着墙根走来，他过去
多么瘦弱，仿佛有着一副月亮的骨架。
他害怕风，害怕柚子树的黑影
害怕我的尾巴，像针刺穿他的耳膜。
小心肝呀，一会让我爬到你梦里
"与不幸在虚无中相遇应该感到庆幸。"

孔　雀

今天，我要写到孔雀，高贵的禽鸟
它们群居在东湖边，不惧怕焚膏继晷。
从隔着金属帘子的花园里，牡丹送来

奢靡的香气。它们一定在想
这香气会充盈，这钢铁会爆炸
这饱食终日的饥饿会窒噎而亡。

我听见它们群起歌唱，把绫罗绸缎
和云霄里的胭脂叠在一起。
而一转眼，它们飞快登上假山的峭岩，
将那里变成愤怒的屠场。

然而，一声哨响过后，它们依次
滑翔而下，在东南角盘旋争食，
在观者头顶，日落吮吸着不成形的血。

从孔雀到爱情，需要多少个连词？
需要多少次比喻？这样的陈词滥调
居然也是这些孔雀喜欢听的。

它们在幽闭中挺胸收腹，轻敲碎步

就这么二十多只，组成了
华丽的后宫；就这些屈指可数的嫔妃
服侍着数以千计的皇帝。

哈雷彗星

有时，我会想起二十年前，某个夜晚
在瓦檐下，外祖父搭床铺被，老槐树暗吐新绿。
为了等到那一刻，我和弟弟
翻滚疯闹，直到星光流泻，我们眼中
满是闪烁的银粉。外祖父笑着呵斥，
粗粝的巴掌追逐着小屁股，像一只捕蝶器。

我们飞累了，趴在花瓣上熟睡。
一簇簇浅黄在深蓝里晃动，灯火飘香。
我梦到另一颗星球，麋鹿驱赶着大海
上岸的鱼群像鳞甲光鲜的乐队

隐约中听到外祖父的叫唤，弟弟的欢呼
我错过了一头披头散发的怪物。
第二天我撒泼，抹眼泪，外祖父是出气筒。
在自然课上我编着瞎话："它与群星
擦肩而过。犹如一只狐狸，拖着美丽的尾巴
在空中喷出硫黄的臭味。"

那是外祖父教我的。记得他还宽慰我说：
七十六年后它会再来，我们还有机会见到它。

就在前年，外祖父走了。

我想起他对我许诺的时间，并未停止。

但每过一天，我又觉得这期盼中的可能

越发微乎其微。除非，除非迎向它

在另一颗颜色如铁矿石的星球上，和外祖父一起。

未完工的民居

在平日，它不会吸引我。
它被搁在那里像个弃儿，施工队
肯定在另外的工地劳动，多半是由于
债务的纠纷，在四周的明窗亮瓦中
它显得灰头土脸，被阳光照射的顶层，
竖起的脚手架像手指捂着心酸的内室。
但好歹也算是一座建筑，何况并不矮小，
它不出众，也不因招摇遭人诟病。
它的一整面墙，灰色，没有贴上黄瓷砖，
十几扇窗户，仿佛逸出规则的补丁。
紧邻这面墙的，一个小区，塞满了
知识分子的傲慢。"它不会吸引我。"
越过它蓬松的缺乏美感的屋顶，白云朵朵
在精致的别墅边流连。
在平日，我是不会注意到它的。
昨天，我到珞珈山看过樱花。
多年不去了，一种堆砌起来的美
让我想起早年的孤魂野鬼，如今生出了媚骨。
今天，我闭门读书。沉迷于
帕斯卡尔的叙述："消遣是一种苦难。"
我在间歇中抬起头来，空洞顿生。
这不是悲观，未完工的民居吸引着我，
用它卑微的热情，填补着虚无。

宿凤凰，久不成眠

霹雳，仿佛银针。酸痛的湘西。
浮肿的沱江，忘记自己是一条河，
用天上的水清洗外乡的油污。

水鸟的白色小翅膀，躲在吊脚楼的
大翅膀下。我在想：一座小城
又是何时降落的？那么多的飞檐翘宇

从天上泼下来，场面何其壮观！
我深吸一口气，姜糖的甜味
堪比日记的墨香：虹桥，东门城楼，

沈从文故居前负笈穿行的少年。
还有城外一泓飞练，山歌般缱绻，
油菜花环罩在山顶，谷底荡漾着槐花的

三寸窈窕。旅行的劳累让朋友
进入梦乡，鼾声像小虫求偶。
从尘事纷扰中偷闲几日，竟难以成眠，

这岂是我一人的悲哀？我想到
明天一早，盘山公路会盘旋，会颠簸，
将我们送出苗疆。天气调皮而略显严肃。

SUBRINA

我是毫不畏惧的魔术师的女助手。

——西尔维娅·普拉斯《蜜蜂会》

1

你钻入了柜子，我翻箱倒箧。
你挤进了书页，我皓首穷经。
我识生字，认死理。我在月亮下
晒太阳，我在针眼里引线穿针。

我在羊肠小道上亦步亦趋，我坚信
钙质产生于蚂蚁腿上的孱弱。我
埋头赶路，仰首瞻天——大片苍蝇
飞过假山，冒充发育的乌云。

它们甚至挟持了雷鸣，当你消失在
木匠祖传的手艺中。比眨眼稍慢的
是裙摆上花容失色的牡丹，像
舌苔冒着火，岩浆在地表狗一样喘息

这些可以留给镁光去小题大做，
为了抓住细节的辫子，它曾经干过
有辱斯文的事儿。待到尘埃落定
经久不息的掌声像热浪撩起了剧场屋顶

露出星夜蜡黄的龋齿——
在青春期，胆囊分泌了过量的蜜。
一肚子的苦水蓄积于情感的大坝，
你若敢再度现身，有人就敢开闸放水。

"一个奇迹！"当窃窃的私语转眼变成
公开的奉承，他们献上了鲜花和唇印。
而我只想将你盯紧，缩在角落里，嚼着
笨拙的口香糖，以抵挡邻座轻巧的腋臭。

2

你的美貌和笑靥让我服下了蒙汗药。
多年以来，你从未给过我一张
确切的脸。周旋于你诸多的变化，我
开始奉行无知是学术，绝望是爱的圭臬。

我在白昼发着高烧，在黑夜低语：
"若要变出一截柳枝，必须将整个春天
烂熟于心。"我看山是山，看水不是水
我把财富拆成硬币，把健康熬成了姜汤。

我有着竹子一样的身体，虽然弱不禁风
在火中却噼啪作响。为了使你看到
内心的燃烧，我拾树枝、劈木柴，我掐过
炊烟的脖子，按捺它低下神思游离的头颅，

做风筝的婢女，和在湖底幽闭的群星。
呵，葡萄园里的月光漫步到街上，沿着
堆满秋霜的湖岸。我愿意追随每一滴水银，
但脚印如此散漫，如何合上它的每一寸亮光？

只是你的瞬息万变让我疲于奔命：
月桂树、水仙花，以至只属于这个时代的
过山车和摩托艇。即使惊魂未定，你仍能
变作纸船泛舟湖上，就像赫淮斯托斯，

他瘸了腿，但嫉妒仍能使他风驰电掣。
这就是魂不附体的速度？魔幻的呢喃，唇上
闪耀的蟹膏？我呆若木鸡。我听天由命。像
爬墙虎，在胆怯的意志中攀上眩晕的热情。

3

我在柜子里拆卸螺钉，不是盗贼。
我在书页中啃噬文字，并非蠹虫。
我在真空屏住呼吸，在梦的边缘

辗转反侧，为了学会"无中生有"，

为了有朝一日，能顺着素白轻纱
拽出一个活生生的美人，从海水的咸味中。
而你依然凌空高蹈，藏头掖尾，以致
将严肃的火刑当作了走走过场的性教育。

你真实的面孔遁入了错觉的庵院，
在云蒸霞蔚的庐山。为了让我相信
"惟一的可能是不可能。"你甚至漂洋
过海，把未来的遭遇交给语言的洪灾。

我独自一人，把激情的燃料投入
滚烫的沸水，在试管中掺和寂寞的单质：
我要把乌金变回铜粉，把动物园里的白熊
遣返北极，把夏娃还原为一根肋骨。

我要将花瓶束之高阁，将铁锹从柴房里
移出；我要掘地三尺，掩埋暗红色的丘陵
我要用白颜料涂下年龄的蓝图，在双鬓
我要提前步入漫长的中年，为了和你赌气。

"因为朝不保夕，所以寅吃卯粮。"
我甚至放下匠人的尊严，在生活中囫囵吞枣：
我从时间的银行贷出婚姻的保险，像赌徒，
心存侥幸，用落伍的队伍去迎娶你的替身。

4

时至今日，你发绺边的潮气仍然回旋于
可疑的蛛丝。一到惊蛰，死皮赖脸的梅雨
撼动糊涂的智齿，它滚入我的左膝，
我的右肘。我的关节间长满怀旧的地衣。

你神出鬼没的本领却让我始终心存余悸。
你会踩着闪电，在镜中突然惊现，从柜子里？
从书页中的一段空白？那残留在你衣褶间的
苜蓿的霉味，让我想起了格格不入的磷火

我只好揣着石头上山，踮着脚尖涉水
在炎炎夏日，优雅的芭蕾也必须具备
赴汤蹈火的勇气。我开始运木料、和水泥，
为了使疲沓的身体得到必要的修葺。

我在街边的树阴下和一个木匠攀谈，他
来自脚踏实地的河南，手艺中没有什么花招。
"在平日，可以让兔子守株待兔，而一旦
暗夜来临，就必须用智慧与蛇虚与委蛇。"

我依计在空气的虚静中大兴土木，给胃壁
砌上洁净的瓷砖，在胸腔和骨盆两侧喷上
美德的油漆。那置放在肺叶中的铁树，

可以除去回忆里尚未挥发的甲醛，在幻灭后。

这焕然一新的庭院。它适合于暴风骤雨后的
倦鸟，适合于醒来的隐士和睡去的心。
他对万物的变化不以为然，他坐在
思想的迷阵里，既闭关却扫，又左右逢源。

第二辑

敞开的难度

（2007—2015）

海边所幸

所幸夜雨歇于清晨，大海浮出如此亲切。
所幸天空明、银滩媚，小椰林哪理会秋深。
所幸清风不鸣，飞鸟不拂，你不寻它便不现。

所幸城市一退十里，潮水空拍羞怯。
所幸赌场隔海相望，想冒险却不能历险。
所幸夜里的劳动者休息，满街都是洁净的人。

所幸四顾通透，唯脚下阴影像兽皮。
所幸一事无成，两手空空，三十不立。
所幸爱我的人弃我而去，她们因此幸福。
所幸倾慕的人无缘结识，愿他永持真理。

另一只纸船

——兼致李建春

在此岸，它是它应该是的。
在彼岸，它是它可能是的。
当它是一只船，水在朽蚀它：
为木头钻榫眼，为铁松动筋骨。

如果你承认时间催人衰老并非捉弄，
我也接受这略显笨拙的欢乐。
你试图隐瞒的正是你渴望流露的，
你慷慨放弃的恰恰力所不逮。

我也见过纸船，在温驯的河流上，
捧着月亮筛缝里漏下的颗粒。
当意义如夜雾升起，它迟缓，克制，犹豫
像一个躲债人，像一个无债的盲人。

经过一段激流，它们全军覆没。
折纸人关注手上的动作，却忽略结果。
如何区别游戏与艺术？
"游戏顺流而下，艺术从下游跃出。"

于是稿纸变成了船，一只，又一只。

脸盆、浴缸，漂在月光里的尤其疯癫。
"多希望它们挤在一起，不是取暖，
而是为了在暖意中互相认识。"

但庄子说，不如相忘于江湖。
那么索性拆去船的形状。
一张满是皱褶的纸如何回到岁月的平整，
一首诗如何面对模糊的读者？

我在寻找，在构想，另一只纸船。
它没有折痕，无须为它腾出空间。
当它浮起、划行，从即将消逝的一瞬，
你会以为那是插上白鳍的羽毛球。

现在，可以为它选择一条河流，
尼罗、恒河、梦幻般的澜沧江……
或者就是你家乡腼腆的小溪，
流域呵，因它的小巧而波澜壮阔。

凌晨四点的邵武

向往福州的火车轰走了这些

移情武夷山的人。收住脚步的黑云

像旋停在空中的隐形战斗机。

游客们，昨晚在卧铺车厢里

打扑克，喝啤酒，闹到深夜一点，

现在背着包袱，活似一队失去尊严的俘虏。

在小广场，他们苦等晚到的客车，

四周低矮的房子是磁铁。

路灯的昏黄里，蚊虫飞舞，

它们热情有余，表演着轻盈的繁殖。

一种植物散发出精液的气味，

时间分泌出的偶然，自然捉摸不透。

首先迎接他们的，没有人预料到

将是山岭间腾云驾雾的烟叶，

此后的奇峰突兀、曲水环绕更是谜团。

一场暴雨会给他们带来割裂感，

正如情感难以承受的，突如其来的暴力。

我，是当时人群中的一个，

在许多焦躁走动的轮廓中遮掩着

分属自己的漆黑。安之若素的睡梦

更多，像气泡，暗中升起在小城的沉寂。

做梦也不会想到在身边

突然来了这么多过客啊。说这是历史

你恐怕不信：悄无声息的轰轰烈烈。

访雪山不遇

驱车穿过数十里清晨，
转而骑马，在高海拔的泥泞中。

马夫，应邀为我们唱歌
一时间，群山静默如苦坟。

一路少话，草甸、野花，
以为客人无钱买氧气。

所以大雾久久不散，阳光浑浊
四面山坡气喘吁吁。

在半山腰，我们等了一刻钟，
后来就去吃土豆、解手、逗狗

"看见雪山，当为自己祈福。"
可幸福是一团迷雾。

依旧骑马下山。马沿途施溺
马背上的人忙于掩鼻、捏腰、揉肩。

我到过雪山，与它共过呼吸。
碌碌中年，亦可如是安抚。

湛江观海

又要见到海了。我努力抑制内心的激动，
为了不被同行的年轻人取笑：男郭女黄
一个撒腿要去射雕，一个噘嘴爱耍小聪明。

越过一排本分的椰树，海岸线呈弧形。
最宏阔的暴戾被拘禁在这里。
海湾外的水域是自由的，自由得失去了自由

我是说远处，海水和天空混在一起了。
它们有那么多共同的财产，如暮霭，如阴云
有声音说：这就是人类的婚姻。

没有银滩，没有潮汐。淤泥当然是迂腐的。
可红树林为何是绿的？一艘退役的军舰
停在岸边，还能派上何种用场？

阵风吹来，又腥又酸。在海边喝啤酒的人
折腾着胃的嗅觉。那转业的船只
突然间灯火通明，宛如蓄电的蚕茧。

一辆黑色轿车无声地滑上甲板，
像一个暗娼，混入了明亮的剧组。

还有什么是不可告人的？唯有大海，

拥有些许隐私。我看着顾虑重重的黑浪，
两个年轻人却开始拌嘴啦！
他们原非爱侣，可以无一顾忌。

夜游翠湖公园

拖着行李的人来到翠湖，
他没有找灯火投宿，来到黑暗中歇脚

这里好歹也是名胜，况且免去门票
他掏出相机在春晓处拍下秋暮

红嘴鸥令人失望了。但垂柳没有
它们披散着发绺，像刚从发廊里出来

他突然觉得，自己仍然是许拉斯。
刚才在天空中飞行时他就在想：

云朵就是白茫茫的沼泽啊。
那么高原呢？理应让人吐一口气。

他摸黑沿着湖心的石桥散步，
似曾相识的场景让他迷失了方向。

"翠湖是被缚的小玩偶啊。"
重复着这些年惯用的语气，他暗下决心：

赶紧去尝滚烫的过桥米线，然后
乘夜班车，到歌舞锦簇的大理去。

初 夏

小区里停电了，天气闷热。
阳台上父亲在给椅子刷油漆，母亲在厨房
边做饭边咳嗽。妻子脸色通红，
她用几张折起来的纸给自己扇风，
嘴里安慰着肚子里闹腾起来的孩子。

空气中太安静了，却又仿佛充满了噪音。
我放下读了几页的帕慕克——
伊斯坦布尔，也没有一丝风。
看着父亲母亲勾着腰的背影，我心想
如此简单的真实，当年怎么就没有预感呢？

我是说骑着自行车闯祸的那一年，
我和小伙伴在街上风驰电掣，炫耀着技艺：
平衡车身的臀部，比裤兜里的手更灵活。
但这快乐很快被撞碎了。
我摔在石榴树下，左臂像树枝开花。

这伤疤至今留有印记。它让我想起
我还领到过一个警察凶猛的铁拳。
父亲和母亲不得不登门道歉，忍受
别人的数落。这样的不愉快让我气馁不已，

我扶着自行车像搀起一具假肢。

第二年此时，我又推着它看热闹
跟着临时拼凑的戏班，走遍了整个小镇。
那真是一群乌合之众呵，可戴上面具
他们居然表演着崇高。现在想来，
多年前觉得好笑的事情依然那么有趣。

父亲被油漆呛到了。母亲在厨房回应。
如果不从童年回来，我无法意识到
他们老了这么多。我抬头看了看窗外，
还是那一片梧桐，明亮如镜，
它折射着小区外的更复杂的沉闷。

妻子叫我送水到她身边去。
我站起身，仿佛又经历了一次成长。
她喝完水，又扇起风来。这次的凉风
扇给孩子：他将在更热的盛夏出生，
我们都想让他看到，眼前世界何其完美。

初冬在平遥古城县衙

想一想，那些古代的人来此何干？
被拘押、探监、击鼓申冤，少数人来行贿。
他们在大堂会下跪，见到刑具会发抖。

他们绝不会有你我般雅兴，
或登高望远，或凭栏思幽，然后
把脚印，从前庭移到后花园。

照相机在不停寻找猎物。它不会考虑
这里是过去的县政府，财政、公安、司法局……
现在是一部新机器在嘲笑旧机器，
是挽歌在喂哺颂歌。

据说，不远的将来，造访此地的人
要宽袍长衣，也许束上高髻，
你我见面要拱手，妇人们还得欠身，
真不愧是由形式回到意味的杰作。

冷风萧瑟，何苦空想相似之物呢？
颓墙上的草是衰草，裸枝上的巢是空巢，
孤亭下的水是死水……拿它们移情吗？
看傍晚来得比一句诗更快：
残阳落在西枯树，弦月蹿上东枯树。

失眠的外婆

拉熄灯，扯开灯，反复了多次
她把所有的亲人都想了一遍
窗子里的月亮只向西移动了几尺。

她干脆披衣起床，挪到圆桌旁
她把一副花牌分成了三堆
又把自己兜里的零钱也分成三堆

她依次关心着每一副牌的好坏，
如何布局呢？如何出牌呢？
规矩是要讲的：输方要向赢方给钱。

"但那不是无意义的内部流动吗？"
"不，一堆她的，另外是我的和你的，
总是你赢得多。"母亲说。

我在头脑里竭力还原这场景，
但我总想到她熟睡的样子，
稀疏的白发睡着了，仅有的两颗牙睡着了。

"她经常抱怨，怎么还不死呢？"
母亲又说。她是在说一个人的生活

是多么没有滋味，多么难于打发。

母亲对我说起这些，在即将返乡之时
仿佛我们回去，是要和外婆继续
玩上几局牌。而不是为了给她上坟。

左 耳

近几年来，有些声音
我的左耳逐渐听不见了。
且不说草间虫鸣，树上风飔，
且不说那曾让全身震颤的爱的呼唤。
这一天，我从左侧卧睡的姿势中
醒来，天亮许久，闹钟响过几次。
在过去的数小时里，
校园广播响过一次，电话响过两次，
家人都出去了，门响过三次。
它们都没有吵醒我，右耳贴着枕头休息，
左耳站岗，一个打盹的卫兵。
我试着将两个耳朵分别捂起来，
聆听周围的动静：
右耳听见了喧闹，左耳不以为意；
右耳听见了微响，左耳无反应。
还年轻呐，怎么就这样了呢？
我去问过医生，他劝慰我，
两只耳朵是有区别的，和眼睛一样。
父亲说，也许是遗传吧！
是啊，有几次我从左边叫他，
他爱理不理，仿佛没有我这个儿子。
我摸着左耳，它轮廓清晰，无病无灾，

早年的中耳炎也没把它咋样。

它怎么好像对听快快不乐呢？

我干脆只带它出门吧，

别人说什么，对不起，我听不见。

我打着哑谜，活似一个马戏团小丑。

或许它有更大的用处？老子说，

"大音希声"，但愿它能听见类似的声音。

但愿它的小厄运，能给身体左边

带来福音：左眼、左手、左腿、左肾，

对了，心脏也在这边。

但愿它过去，是一只辨善恶的较真的耳朵。

植物的命运

父亲嘱我从户外路边请一株植物到家里来，
他说，那是兰草。
我虽不情愿，但也只能选个月黑之夜
将它掳来。

父亲给它浇水、施肥，还和它说话，
不多久它果然开出蓝色的花。
它仿佛有心有肺似的，它仿佛有气有力似的。

父亲回乡前叫我照顾好它。但我终不能坚持。
于是花谢了，叶黄了。
我的房间里落满了灰尘和它的枯萎。

当然可以在父亲回来之前，再移来一棵。
那么多的植物，各自有命。
生老病死，幸运儿，倒霉鬼……

怜悯是有茎和叶的。
在你面前，我是那兰草。

初雪之艺术

小沮丧时，雪落笔真快：
昨夜在秦岭，今晨已渡汉水。
它涂满了校园，看不见知识，
图书馆只露出非理性的一部分。
丹桂路清净，唯梅园热闹，
好吧，把枝头的火柴都划亮，
那噼噼啪啪的礼花又何时消停。
"这一切还来不及收拾。"
清洁工抱怨，他站在雪地里
发呆，仿佛被大场面镇住了。
他应该经历过更惊心动魄的时刻，
也许生活太匆忙，他也太健忘。
还是来说雪吧，它正在塑造
新的形象：一片梧桐叶儿，
一截小桂枝儿。它从原物
拓下轮廓，赋予纯洁的质地。
在雪降落的地方，被重新
勾勒过的物质将是无罪的。
这抽象的美，实在是个安慰。
尤其是想到，百年一遇的初雪
刚刚也降临了遥远的巴格达。
我这样思忖着，任雪落头顶

这样就能算是一个纯粹的人吗?

揣着小欣喜,我放慢脚步,

且看一场中雪如何描摹黑夜。

初到罗马

机场外，大理石的凉，一下子钻进了骨头。

这真是好兆：台伯河清凉，斗兽场也荒凉。

但市区遥远，月亮蜡黄，夜后来很深。

睡眠不断贬值。身下的床乃是中世纪的刑具。

录梦有寄

　　我又和他们站到了一起，在煤山上
　　像许多年前一样坚守着阵地。
　　我们抵挡着邻院孩子的进攻——
　　他们挥舞着木质的刀枪冲过来，
　　冲锋号惊起麻雀乱飞。
　　我们被逼入绝境，在最后的战壕
　　顽抗，煤球是弹药。其中一颗
　　准确击中了敌人首领的眉心。
　　这引发了更大的争端：敌方家庭的首脑
　　直接杀到我们的后方，以哭诉和威吓
　　掳走了一笔医疗费。而我们光荣的战士
　　却躲在一个偏僻的角落不敢凯旋，
　　在寒风中孤独地坐了一整夜。
　　昨天，我又梦到了这群不屈服的士兵。
　　我和他们站在一起，在煤山上，
　　胡子拉碴，满面烟垢，
　　瞅着眼前呼啸的枪林弹雨。
　　徐甲，已经失去了左臂，但右手
　　仍然没有停止射击；车乙，
　　他的大头太惹人注意，所以先后
　　被击中了左耳和下巴；张丙，
　　他骄傲地举着我们的战旗，

前胸已经血肉模糊。

这一战如此狼狈，却又如此痛快——

他们都指着我笑，我低头看自己，

身上全是弹孔，整齐得仿佛

敌人的武器不是枪支是轧煤机。

我们败得一塌糊涂，蹲在泥潭里

喘息，恍惚中看到一个早已牺牲的兄弟

从湖水里爬出来，像只龟

慢慢爬到我们面前，翻转身去

晒太阳，他的面容依然年轻，

和他游泳溺水时一般模样。

这样的真切与清晰让我一下子

跳出了泥沼。现在我一一想起他们：

除了湖里悠闲的那位，其余的人

三年前都见过。他们都守在

过去的镇上，以微薄的生育填补

离开者的空缺，以维持故土的原貌。

我们坐在一起，谈来谈去都是

煤球，它让一个小酒馆里的

空气，一下子变得十分呛人。

而在不久前的另一个梦里，

大伙儿戴防毒面具，拿着铁锹

在同一座煤山上挖呀挖，

仿佛多年前在那里丢掉了什么东西。

写给祖母的诗

我早就想为她写一首诗，在她还没有死之前。
我在她佝偻的背影里构思，准备写下
她一生的苦。最后将她比作风中烛，熄在句点之后。
我在写下它的时候会沉浸在悲伤里，也许流泪
可能它感动不了其他人，但至少会感动我的父亲。

而她很快就走了，仿佛是为了成全这首诗。
那时我在外地，在一列发呆的火车上
没有要到一张纸。这首诗不可能完整了，
最后一节白得像光，着任何一字都是涂鸦。
它就这样走失了，好些年没有人问它为什么迷路。

有几次我想去认领它。它也确实来到我面前，
面有愧色。它明显消瘦了很多，在孤独的日子里
学会了寡言少语。它承认了自己的过失，
而我始终认为这是愚蠢的错误。它说服过
一个梦，一个安慰。却无法说服一颗后悔的心。

现在我写下它，仅仅是凭借一时的勇气。
它已经不是原先所想的样子了，因为生活，
从来没有放弃过见缝插针的教育。
在最后，我要请死去的祖母回到写她的诗里，
这夺去她生命的诗，此刻渴望长者的怜惜。

己丑年的失败足球队

老实讲，这是支受人欢迎的球队，
但没有一个拥趸。它当然也没有
自己的主场，却有更广阔的天地
各式各样的邀请赛里，它是常客
作为理想的陪衬，它不断地失利
让另一支球队为城市的节日揭幕。

它有一个忧郁的门将，在后防线，
四个轻佻的胖子占据着绝对主力
三个中场视力不佳，传球也粗心
说到三个前锋，观众更喜欢合称
他们是三脚猫。至于球队的教练
在场下他是一个酒鬼，一个妌夫。

但他们的比赛却出奇地多如牛毛，
没有时间训练，整日在颠簸之中
从失败走向失败。太漫长的旅行
让人疲于奔命，竞技却相对轻松
无非是交白卷，像疲沓的公务员
有心计的保姆和满不在乎的学生。

为了对得起薪俸，他们偶尔制造，

一点波澜，让比赛看来有戏剧性
如在禁区内生拉硬拽，被判极刑
或者对裁判不恭，请他品尝口水
要么直接申请红牌到场外去休息
至少明天的报纸不会说比赛乏味。

没有泪水，但绝不能说他们坚强，
往日的羞耻心也早已清出了行囊
没有希冀，没有爱情，这种状态
和耗尽了青春的中年男人差不多
之所以能面对后果，靠的是理智
它区分人与兽，也使人困守图圄。

至今这支苦难球队仍在招兵买马，
要求新入者忍辱负重，尤要具有
失败精神，考察对象是既往生活
它吸收了一名作家、一位轻生者
还有无数默默无闻而又无奈的人
如此般，挫败感成了时代传染病。

和三叔喝酒

少壮几时奈老何，向来哀乐何其多。

——杜甫《渼陂行》

酒过三巡，三叔突然笑着说：
"想不到啊，我怎么这么快就老了呢？"
对一个大半年没有沾酒的人，
此刻已入微醺之际，可暂且将它
听为一句酒话——事实上也没有他说的
那么严重，最多只是老之将至：
他五十有八，离退休尚欠两个春秋。
三叔接着又说："其实我并不服老。"
他说每天依然打篮球，和年轻人对抗
丝毫不处下风。说到此处
他的眼睛一下子放出光来，像
蒙尘的灯泡，在电流的慰藉里发现
心还可以热起来。我的思绪
立刻回到二十多年前，在文化宫灯光球场，
他带领着几个钟表匠，今天应付
几个菜农，明天又挑战一群凶猛的屠宰工。
比赛结束后，他还要加练定点罚球，
职业的要求，使追求精确成为一种怪癖。

是的，他对时间有着特殊的敏感——
他甚至能从植物的生长、河水的流动
以及沉思的静默中听出滴滴答答。
许多次我闯进他的工作间，
好奇地扒住装满钟表零件的橱柜，看他
拨弄那些金黄的或银白的
齿轮和发条。我以为时间就是
从那里生产出来的，而他
自然会让我的童年运行得有条不紊。
而我现在和他喝酒时已近中年，父亲
摘下表（我去年在德国给他买的），
让内行的三叔鉴别。他望着这只
没有秒针、没有刻度的手表，
神情仿似看到了一个怪物。
三叔摇摇头说："我好久都不戴表了。"
可在我的记忆里，他的腕上
从来没有缺过这个，有时甚至
左右腕各两只，这在当时可是风光无限。
他那时还有和表一样多的朋友，
常聚在一起喝酒、打球，后来就是
通宵达旦的牌局——他错误地以为
金钱会和他手里的时间一样是输得起的。
这让我的婶娘大为光火，她本来
脾气就不大好，如此更是暴跳如雷。
她带着女儿，我的堂妹，闹到祖母那里，
让一辈子软弱的老人老泪纵横，

只好偷偷省下一些家用贴补小儿。

婶娘甚至闹到了三叔的单位，

我曾几次见到他们在院子里吵架，闹离婚，

围观着一大群唯恐漏过细节的婆姨。

可如今他们仍然生活在一起，据说

三叔失业后，他们反而相互妥协，

婚姻的天气是：阴晴不定，间或零星小雨。

我和三叔喝酒时，婶娘在座，

不停劝他少喝，这让三叔又有些不耐烦。

婶娘离场后，三叔赌气说：

"我退休后就搬回来，一个人住。"

几年前他离开县城，到了猇亭

那个当年刘皇叔一败涂地的伤心处，

在妻舅任职的单位看守院门，

为微薄的薪水起早贪黑，

以日出和日落粗略地计算着时间流逝。

他一定是厌倦了寄人篱下，

所以希望自由，突然使他忘掉年龄。

我们劝他珍惜老来之伴，也为

早该谈婚论嫁的堂妹着想，

同时要注意身体——到了这个阶段，

谁也不敢保证它无病无痛。

三叔于是讲起了去年的眼疾：

医生开出几百元的药单，而他却坚持

用几角钱的药膏治好了它。

他说到这里，语气里充满了骄傲，

仿佛时间，从来没有亏待过老朋友。

三叔仰起脖子又喝下一口酒，

悠悠言道："我是不怕老的。"

说着说着就把自己交给了睡眠，

这模糊的、消极的时间。

雾 中

所谓启蒙，乃从雾中辨出人形。
而我们在雾中，绝不会将动物看作人
却往往将人看成某种动物。
在少年时代，我经常站在十字路口，
将雾的游丝一缕缕吸入肺中。
我反复问同一个问题，像司芬克斯
不同的是我在问自己：
人为什么会犯罪呢？当时我以为，
在人的身体里睡着一头狮子。
我看见雾，从河边的树林涌来，
漫过了鸽笼似的民宅，却在
并不显眼的法庭外徘徊，仿佛
同样震慑于某一律条。
我得以看清布告栏里红色的判决，
压住白纸上黑字书写的罪行：
偷盗、抢劫、凶杀，也包括通奸。
这预示着几天后，一辆卡车
将从清晨的雾中驶出，几个危险分子
站在车上，垂首看着脖子上
悬挂的罪行。他们身后是荷枪实弹。
雾，跟随着卡车，将整个城镇
填塞得密不透风。围观的群众

只能拨开浓雾来看，一些家长

立即对调皮鬼展开防微杜渐的教育，

让他们细听扩音器的喧嚷。

待到大雾散去，卡车将其中几人

卸在了监狱，迅疾驶向了郊外

火葬场附近的空地。雾在此收敛。

在明晃晃的阳光下，我沿街行走，

默数着脚底下清晰可辨的人的轮廓。

在某个时刻，我的心里会突然发出声响：

"砰——砰——"脑海里立即浮现

一只鸟雀或兔子被击毙的场景。

而这些画面的绵延，将伴随胆战心惊的成长。

死鱼与蚯蚓

我们扛着摄像机去拍死鱼。

整个湖面都是，没有缝隙。

夏天的中午，原来可以这般死寂——

水纹停止挣扎，

只有湖岸围住事故的面积，

并扯下垂柳作栅网，防止风声走漏。

我们的镜头知道如何处理

这样的场面：先给一个湖上全景，

即使看不到水；顺便捎上

周围的建筑和它顶上的黑烟。

然后就去拍横陈的鱼尸，拍它们

张开的嘴、僵直的眼，

以及失去力气的鳃、鳍与鳞片。

几乎没有人愿意来到

这片恶臭充盈的城中一角，

除了一辆卡车停在岸边，

据说是这群死者的抬棺人。

在死因不明的情况下，鱼群

被粗暴地扔上后车厢，与钢板撞击

反弹，仿佛还能蹦跳，只是不知疼痛，

并被送往没有地名的坟场。

这是我有生以来第二次眼见

如此大规模的死亡：

儿时，暴雨过后的小镇上，

蚯蚓钻出泥土，拥上了大路。

汽车飞驰，碾过柔弱身躯，

血与肉，就在水渍中漾出一朵模糊。

而我和上学路上的小伙伴们，

以为把蚯蚓断为两截，可以

让它衍生出两条生命——

于是捡树枝、石块，

去截断那路面上的软体，

让它们成倍繁衍，以满足懵懂的兴奋。

山顶望雪

永恒的女性，引领我们上升。

——歌德《浮士德》

1

其实山脚下有雪，是一床破絮，
盖住白桦树瑟瑟发抖的足跟。
枝桠交错的天空蓝得晃眼，
黑松鸦投下的墨迹，像履历上的污点。
松软的雪记录下一辆车的疲惫，
在下午，陆续释放出十多个南方旅人的讶异。

他们在雪中嬉逐！在风中尖叫！
何曾料到在群山沉默的睥睨中
空洞的抒情只能换来虚无的回声。
是的，这里是北方。
记忆中的熙攘被阒寂的松脂裹紧，
往昔的绿是黑的。而黑，却又是白的。

2

调皮的上山路玩起了捉迷藏，
这实在考验驱车人游戏的经验。
他开得飞快！车辙顺着山势逶迤
仿佛一只拖着狼毫的风筝。
随着海拔升高，身体渐如飘尘，
耳鼓薄作思乡一纸。

中途又下起了雪，无数的轻盈
把扑朔的沉重又增厚了一寸。
雾若无其事地浓起来，像坦荡的阴谋。
它让车停在重重心事之中，
以浃髓沦肌的寒冷，让一意孤行
跳出车厢的人省察性格的刚愎。

3

但山顶却是望雪的佳处！
一望无际的砂糖挤出了风景的蜜，
周围群山如吮奶的婴儿！
这白雾，分明是雪绵柔的呼吸！
它荡涤万物在时间中的偶然，
再交付给雪，复原它们本来的形状。

何妨卸下卑微以观远景！

云朵在天穹铺下另一片雪野。

山坳间的枯树是悬空坠下的水晶耳环。

又何妨扔掉羞怯以睹近人：

飞扬的雪落地成镜。

它和另一面镜子竞相邀宠于娴静的窈窕。

4

没有准确称谓的她只顾拨雪前行

浅浅的脚印并未给美造成伤害。

她拾级而上，踱向山巅，

剔透的雪人仍试图拔高自身的纯洁。

这让她的尾随者自惭形秽：

此时何必迁怒藏污纳垢的世界！

去找那群山环抱中的一弯湖水吧！

她笑着说看到水波荡漾——

仿如清澈只为清澈拂去面纱。

而尾随者只见迷雾，却又心中暗许

她的慧眼：那阵阵涟漪

如何能拒绝纤手与朱唇的向导？

5

幽蓝的天色沁入走神的雪，

漫溢的激情仿佛受惊的水母。
一队旅人因流连重聚为整体，
把雪地上的碎影收入行囊。
下山路永远比上山路简单，哪怕是
把困顿的收拾甩给山底的漆黑。

其实山脚下依然有雪，蜷在风中
像等待柔情的猫科动物。
当然可以追随远处村庄的闪亮，
用撕心裂肺的光照，温暖
它冰凉的皮毛和一路的颠踬。
可离开后，谁是生活历险记里的维吉尔？

独游桂园怀南北诸友

像一段紧绷的圆弧突然松了劲
深夜的桂园静得气若游丝

冷风用针挑开桂树婆娑的薄衫
又缝出弯曲的丝线般的小径

沿途吹走零星行色匆忙的人
他们疑惑于我瑟缩的悠闲而不是孤独

上坡路在喷水池边绾一个结
缚住向北展翅的憧憧假山

不能再向北了！再向北就是
许昌的酒，安阳的琴，郑州不融的雪……

驻足不前不如暂向南行，
梧桐的枯舌垂涎路灯的卵黄

前面尚有需摸黑蹚过的楼影
喧嚣的工地如何拆尽泼洒的朦胧？

挤眉弄眼的寒星聊胜于无

月轮悬在桂园的弧弪之外

愿月晕将北方无垠的白调成斑斓，
月辉为南方的清瘦奉上清茶一盏

西尔维亚·普拉斯

每天凌晨写下一首诗，从瘦脊上
剔下一块带骨的肉；每天用仇恨的罂果
喂食黎明的白喙，而爱的微焰
已难以温热几个孩子的早餐。
破晓后的伦敦，是洒满消毒水的医院。
她放出蜜蜂，采来满屋子的毒气，
厨房变成蜂箱，芳心荼蘼，
蜂后从一地花粉中扫出停尸房。
她早年的旧稿，因为经年的封存
而阴气森森：废墟、墓地、惊悚的月亮，
厄勒克特拉诅咒双亲的游魂。
她成了弗洛伊德的病人和波伏娃的注脚，
谁又在意她曾用精致的刺绣
向心中的故园致敬，然后才转身离去？

海参崴短章

一座城市仿佛去过又仿佛没去过。
摄像机的蹊跷偏偏在于忽略了最重要的美。
抹去圆心的圆，溃散的向心力。
掐灭花蕊的蓓蕾，娇艳中只能嗅到海水的咸味。

浪花翻起的泡沫，彼此揪着耳朵起舞。
岸边的起重机联袂瞌睡，名副其实的白日梦啊。
海鸥是一把把乱飞的白剪子。
条状大海裹住寒潮的喉结，欲言又止的孤岛。

弹舌音辅以旋律尚有一丝线索可寻。
川流不息的外文路标旋即让人再次迷路。
阿里阿德涅抽走了绒绳。
一座迷宫仿佛去过，又仿佛至今没走出来。

重读《纳尔齐斯与歌尔德蒙》

披衣下床，从书架的深闺中
将它迎出来，好歹胜过一宿辗转，
身体像睡眠枯井上焦渴的辘轳。
十多年前，也是在一个冬夜，
我紧紧跟随着歌尔德蒙，跋山涉水，
过市集，入城堡，直走到
东方既亮，窗外的积雪白发苍苍。
那时候的热血，很容易被点燃，
骨头在一场猎艳的大火中淬成了红磷。
而纳尔齐斯，被遗忘在黑暗中，
任隐身的虱子抓挠他的枯槁，
纵使雕像拒绝变成记忆的齑尘。
而这个夜晚，气温依旧很低，
大雪悬在屋顶，像一张惨白的网。
凌晨两点之前，歌尔德蒙瘦削的影子
溜出修道院，此时再看
他已是一名惯偷，摄取芳心手到擒来。
但这丝毫无益于减轻空气中
唑唑吐寒的抖索，爱情漫流的几十页
一下子翻过去了，尽管有些心疼
它消失得如此倏忽，像游入蓟丛的蛇
和凶器上被刻意拭去的指纹。

到了后半夜，突然呼呼刮起了风，
敲打着窗子犹如失贞少女
气急败坏的父亲。潜心于绘画与雕刻，
歌尔德蒙并没有为悔过腾出时间，
只是用刻刀，在木料和石头上
镌下爱的创伤同样的深度。
到了闻鸡起舞之时，这饱经沧桑的浪子
又跨马出行，去寻找香鬓之雪上的浓霜。
如其所愿，所有的苦难扑面而来，
他抱着一身病痛，在阴湿的牢狱中
等待着临终前的告解。
天蒙蒙亮时，纳尔齐斯的出现
犹如牵着朝霞衣褶的奇迹，
他眼神中的光，将歌尔德蒙照得
通体透明，仿佛清水洗涤纨绔，
灵魂的布匹仍然朴素如初织成的绢丝。
这让人不得不诧异于
纳尔齐斯对待冥顽的宽容，远胜过
拨开严苛升起的西厢的良辰。
在咿咿呀呀中，一尊受难圣母像
从歌尔德蒙手心跳到晨曦的戏台上，
垂怜于随星玉落幕的孩子的枯指。
他从未离弃的朋友，纳尔齐斯
以隐居静修合上最后一页：
一部书，在黑白交替的转捩处
缝上裂痕，收拢了旁逸斜出的纸。

神游西湖吟留别

当我垂睑之时，西湖睁开独眼
岸边画舫轻摇，像灰扑扑的睫毛

水波无风自漾，铅云从缝隙中
钻进去，浮起的柔软又何谈重量

垂柳更碰不得，哪怕就是一把
崭新的梳子，雪过青丝忍见絮飞

苏堤蜿蜒弯曲，本来的直绳子
被断桥咬断了，随后是段小衷肠

环湖皆是愁峰，伫瞰枯荷满池
塔影幽暗，来年的粉蕊犹豫花期

三潭可怜无月，索性略去不访
心形之岛，余萋萋草黄望眼欲穿

有人欲去灵隐，城外钟声杳远
怨颠顶的耳朵，错听作松间叹息

不如收念归来，围炉悄读闲书
眼前字字阑珊，挨寒冬憔悴如柴

突　然

突然到来的一天

突然在清晨插入日历

天空突然蓝得出奇，仿佛

围护土地的海水，突然厌弃了土地

突然看见飞鸟，用鱼鳍荡开大气

突然看见抖擞的菊花簇拥着一轮月亮

让鬓角灰白的南方突然满头金黄

一座城市突然陷到海平面下去了

突然需要万千根火柴

突然又只需要一把清癯的镊子

黑暗突然有了两个胃

而眼睛，突然惊讶于未及消化的无数个世界。

突然的颓唐在虚无中发现了光

突然的措手不及解放了手

不疾不徐的夜晚突然望物则喜

早已厌倦的四壁突然玲珑又新鲜

突然有客人从外面敲门

突然不想搭理

突然就想这多突然的一天，不再收容其他人。

你不想要的生活

你不想要的生活
是整天琢磨何为生活，如何生活
是满腹的牢骚涌到喉头打转
既然生下来，好歹活下去
是活生生的肉体献给活生生的残忍
是活生生的语言听命活生生的律则

你不想要的生活
是匀速的沙漏
安慰沙粒的急切：
最好有一颗平常心
重力即堕落
穿孔而过，就遇到了魔鬼

你不想要的生活
是钟面上的十二只眼瞅着你轻声读秒
喟叹过去的一秒
嘟哝现在的一秒
嘀咕将来的一秒
一秒又一秒，谢地再谢天

你不想要的生活

是把偶然性锁在必然性的脚镣上
是让波希米亚终结于布尔乔亚
是水和进水泥
是用镜子做成密封箱子
是一副沙嗓子被挑进了合唱队的和声区

你不想要的生活
是一觉醒来还在纸上
糖纸、信纸、稿纸、包装纸，
纸呀纸，糊一个纸人
在纸床上叠放纸
在纸空气里把纸吸进纸

你最不想要的生活
是疲惫的纸手在纸上劳作
是禁闭的纸心与另一张纸恋爱
是趴成纸板射精，蜷作纸团衰老
是在纸上排演一幕幕悲剧
泪水像纸屑积满胸腔

承认吧，你不想要的生活
就是曾经想要的生活
在百般抵赖中终于如愿以偿

敞开的难度

有些话可以在深夜说不能在清晨说
有些话可以之前说今后说不能现在说

有些话可以在海底说不能在山顶说
有些话可以在别处说在他乡说不能在这里说

有些话可以奔跑时说不能停下来说
有些话可以晒网说不能打鱼说

有些话可以睡着了说不能醒过来说
有些话可以搁下筷子说不能端起碗就说

有些话可以低头说不能抬头说
有些话可以对大众说不能对小众说

有些话可以说给陌生人但不能说给亲友
有些话可以告诉敌人但不能端给知己

有些话可以在花前说但不能在月下说
有些话可以在床头说但不能在床尾说

有些话可以说得没心没肺但不能披肝沥胆

有些话可以说得死皮赖脸但不能挤眉弄眼

有些话十拿九稳多推敲三心二意
有些话东扯西拉细思量南辕北辙

有些话本来应该吐出来可就是心里有道坎
有些话明明能够咽下去可就是喉头有根刺

有些话说着说着就不像话了
有些话说着说着就话里有话了

有些话分成两半说却不能拆成四瓣说
有些话合在一块说却不能一股脑全说

有些话交给手机更便捷偏偏委与键盘
有些话报纸绝对青睐非要塞给日记

有些话最好智齿说门牙偏要说
有些话等着灵魂说身体却抢着说

有些话生下来就会说后来忘得干净
有些话希望带进坟墓咽气时又透了点风

有些话代替别人说自谦一己之言
有些话转给别人说装作与己无关

有些话滴水不漏地上湿了一大片
有些话言之凿凿空气里满是狐疑的榫眼

有些话嚼着蜜桃说不如咽着黄连说
有些话蘸点盐说不如抿口醋说

有些话酸牙齿还得咬着牙齿说
有些话费口舌只好绕着舌头说

有些话正说反说反正难辨真伪
有些话近说远说远近一片雾霾

有些话左说右说不可居中说
有些话好说歹说切莫不知好歹说

有些话与其板着脸说不如涎着脸说
有些话与其堆着笑说不如噙着泪说

有些话不吐不快还是一句句吞到肚子里
有些话欲言又止终于一字字蹦出来

有些话说给你徒增烦恼不说又烦恼顿生
有些话你听到了兴许高兴没听见确实万幸

为了游春的春游

岂知驱车复同轨，可惜刻漏随更箭。

人生会合不可常，庭树鸡鸣泪如线。

（录杜甫长题诗中尾句）

河面还漂着浮冰，天色将晚

江滩边的痴人在溟蒙中寻找初春的痕点

柳树自然最显眼，柔弱娉婷

她的身体里潜藏着一股巨大的力量

在瞬间喷发出葱茏的欢乐

偶有一两只飞鸟，随意加入交谈

哦，知道了。知道了你们远途的甘苦

现在请用你们的喙、你们的爪

去把厄运的坚果壳啄个粉碎！扯个粉碎！

远处有根闪闪烁烁的线，风中摇摆

多希望那是一架点着灯的梯子

脚下的道路在那里扶摇直上

这样你就能飞起来挥手和我道别，

带着感伤的喜悦眺望涌过来的暖流。

没错，那是只急性子的纸鸢。
好吧，比喻缺乏新意还是得带着祈愿说：
它犹如一个春天的使者
一道劈开黑暗的绿色闪电！

骤然飘起了雨丝，淅沥缠绵
周围的高楼遮不住匆匆回行的步履
沉默幻为一把乌黑的伞

河水小声沸腾。再听一听这
短篇的欢畅吧，在圆心荡向圆环的时刻。

眼罩与耳塞

不想看，也真的不想听了。
但也不想做盲人或瞎子。
我毫不怀疑，这个到处是人的世界
会有不能直视的光和听了反胃的噪音
我原来的天真只是认为
它们毕竟是有限的。
昨天是负的，今天依然是负的，
诸多的正又有诸多疑点。哦，
生活不是乘法，不是棋盘上的将错就错。
即使给了你一副眼罩，一副耳塞，
也依然无法抽离，如秋后的蝉。
摸着眼睛上的棉绒和耳蜗中的硅胶，
如何能指责它们的质地和工艺？
你的心还在这里，就不可能
成为一具空壳；就不可能跳脱到
没有文明的蛮荒地里
去看雨的浏亮，去听风的欢实。
闭目，塞听；黑暗，寂静
在一个满是幻觉的时代里，如何去造
另一个幻觉的方舟？
耳清目明的世界，将由语言完成：
我们还有衣不蔽体的羞耻
以及直立行走后折不断的尊严。

无根之物

我们漂在水面上，
水收成一滴，悬在宇宙的两轴间。
我们游荡在空气里，
空气穿梭于千万个肺，换出我们的胞衣。

我们繁衍子孙而认识父母，感吾所由。
我们乱读历史而心生幻念，叹吾所终。
我们丈量疆域，方知自由的地形。
我们作践肉身，才生灵魂的疼痛。

我们同意长叶开花，甚至在雨中撑开树冠。
而脚，决不变成钉子，为探寻那无影无踪的影踪。

孙二娘

1

十字坡的店，卖给了开发商。
三年的钉子户生涯，让地价
翻了四番。拆迁的那天
我在不远处火车站的快餐厅里
喝苏打水。我看见推土机像螃蟹，
挥着巨螯，一头扎进废墟，
杏黄色的酒旗被一阵狂风卷起，
终于绞碎在城镇化的履带下。

如今那里是个犹抱琵琶的商圈。
注了激素的高楼，在骨骼
发育不全的境况下炫耀着个头。
小商品琳琅，从国外借来标签，
攒动的洋文用摇滚遮掩泥腿。
只有路口的树，大得无法移走
它被改装成一条步行街的入口，
垂到地面的枯藤恰好挡住霓虹的妖娆。

卖地之所得，足以换来城市户口，

还能在靠近学府的地界
盘下一爿店铺，继续熟悉的营生：
厨艺不可荒废，徐娘犹存风韵。
这条街上餐馆对峙，小吃摊
一片刀光：烧烤、烙饼、羊肉串，
食物的迷魂阵一字排开，静待着
挎着书包的吃货从铃声里放马过来。

我会在午睡后的慵懒里洗尽
满脸油烟，然后描眉线，抹胭脂，
在发丝的弯曲里插进一支直簪；
绿衫红裙依然合身，桃红色的束腰
收紧了腰肢，却挤出了乳沟——
不要紧，和奔放的时尚不谋而合。
我斜倚门槛，后生的俊俏闪入凤眼，
啊春风骀荡，像青花瓷在歌声中飘起。

2

有时莫名其妙地，我会想起夫君
只是偶尔想起，绝不是思念。
我们在梁山上的交椅挨在一起，
短暂的幸福，曾在朋友圈里晒过。
下山后的日子，像微波炉
热过几次的披萨，难以下咽。
我们从不争吵，因为他是哑巴；当他

挑着粪肥经过，神哪，快把我变成瞎子！

我糊涂的父亲当年种下了苦果：
这个老革命，却被封建毒虫叮咬得
失去了理智，丝毫不理会
妙龄的姑娘有变成白毛女的危险。
当年的合卺酒里滴入了苦瓜汁，从此
我苦练柳叶双刀与迷魂镖，
在婚姻里防身，直到变成一个夜叉
在黑暗的光中扑扇着女权主义的翅膀。

那个浑身恶臭的菜农，留在了乡下
和莴苣、玉米、西红柿共同生活。
这是一个厌弃新鲜事物的笨伯，
把转基因的科学当作耳旁风。
他起早贪黑，微薄的收成也
咧嘴傻笑，露出红塔山熏黄的牙齿。
他活该在这田垄上死去，
把剩余的蔬果白送给留守儿童耐磨的胃。

某一天的电视却让我大吃一惊！
我看到他在塞纳河畔现身
圣母院的钟敲得轰响，把一朵吉卜赛牡丹
吓得花容失色！这个老不死的
真是阴魂不散。害得我跟团去巴黎旅游
只能躲在大巴车里啃干硬的法棍。

这就是我偶尔想起来他的情状。感谢生活！
现在终于可以将他拖进黑名单。

3

两年前，一丈青夫妇搬到了城里。
时隔多年的聚会，被安排在
浓荫掩映的某个神秘会所。
他们满面春风，仿佛不是变卖了扈家庄
而是彩票的魔术箱里蹦出了土豪。
龙虾在圆桌上围绕着致富经空转，
风卷残云的力量，上升到饥饿的眼睛
充血的石榴热气腾腾地爆裂——

哦幸运的姐妹！从更年期的边缘
一下子拉回到青春的延长线上：
鱼尾纹，揉碎在香奈儿的浮藻间，
在倩碧的柔波里，我甘心做一条水草！
哦絮叨的姐妹！你的委屈就不用说了，
那些不得不喝的烈酒，无意留下的艳照，
其实都是浮云。听我说，
烈酒好过蒙汗药，艳照美过素颜照。

有时候虚荣让人渴望友谊。
夜半的寂寞，如蛇钻进了被窝，
冰凉的皮逼着我坐到电脑边，

社交网络里闪动的头像如咕咕叫的泉水。
一只老虎不断献着殷勤，后来倾诉
创业的艰辛：洗脚城、炒房团、股份公司。
进一步的情感交流则抱怨妻子的冷淡
感激新知己的体贴，直到说出：爱，爱。

意乱情迷的含羞草，如何能抵挡
翻过堤坝的太平洋？我们约在
街心的广告牌下见面，江边芦花轻舞飞扬
随风而来的是个头插鲜花的胖子。
多么尴尬啊，矮脚虎兄弟！
玩笑的针戳破了无厘头的气球。
腮帮子却在疼。听我说，后会有期。
这不是江湖话，是熟人变成陌路人的潜台词。

4

雾霾越来越浓，银河流淌着粉尘。
入秋的月亮像一把无柄蒲扇。
我的心着凉了，呼吸听上去如抽泣。
在医院的挂号处，我正犹豫是去
心血管科还是内分泌科，却突然
产生了幻觉：整形科外卖萌的李师师，
稚气未脱的潘金莲被扶出人流室……
眩晕啊眩晕，我应该治疗青光眼。

景阳冈的快递，寄到了病榻上，
流光溢彩的信封赛过营养针。
武二兄弟要来，他乘坐的高铁
将和五彩祥云一起抵达。
我翻来覆去地缝补字句中的客套，
竟渐渐从寒暄中读出阵阵暖意。
我羞红着脸恳求医生放我出院，
理由是把药水瓶架和哨棒弄混了。

阁楼上的客房，铺上了香衾
打虎英雄，就该享受闺蜜的待遇。
记忆的播放器把他的行踪
转为影像，既风尘仆仆，又威风凛凛：
他在秦岭的密林里与猛兽周旋，
又驾着巡洋舰闯进一个黑帮。
此后他一直在奔波中四处讲演，
差点忘了老相识中也有望穿秋水的粉丝。

但第一封信的歉意延续到了第二封：
突然到来的麻烦让他无暇脱身。
有人说老虎是纸老虎，他胸前的红花
是自己戴上去的。啊这个世界
从来不缺少污蔑，那是蒋门神与张都监
在借尸还魂。我在回信中画上
一把雪花镔铁戒刀，那是提醒男神：
你既要果断，还得万分警惕。

5

近段时间，酒楼的生意火得离奇。
升学宴像台风，卷走了红包。
在众多食客中，我认出了军师：
金丝边眼镜代替了鹅毛扇，成为智慧
新的象征。他在一群门生的簇拥下
侃侃而谈，智多星在唾沫中升起——
盗亦有道，在他嘴里成了伦理学
听起来像是对我们当年实践的理论总结

他会在私下里约我去城外散步，
并带来天各一方的兄弟如今的消息。
鲜活的面孔像泡沫，翻腾在
市场经济的浪潮中：
公明哥哥，规划着开发区的体型；
卢员外，还建房的租金足以衣食无忧；
戴宗在跑运输，林教头开了家健身馆……
他们各显神通，仿佛还在和共同的对手较劲

那一夜的子时，我在辗转难眠中
跑到厨房里磨刀。伙计们都不敢出声，
以为我要重操旧业。其实我只是想
在早点中摆上几笼水灵的包子。
这些搁了几天的肉必须剁碎呀——

添加剂，散发出利润的芳香；

面粉赤条条，跳进地沟油的泳池；

而庆功的欢乐，莫过于去广场跟大妈们跳舞。

但有时疲惫会拖我入梦。梦到十字坡，

梦到茫茫一片水泊，打鱼的船沉到鱼腹。

我从一身冷汗中浮出水面，

彻夜不灭的城市之光像冷箭射来，

那是远征方腊时杜微小贼的暗算：

它恶狠狠地留在我的胸口，

疼得肝胆俱裂，疼得百爪挠心，

疼得只想把这具躯壳掏得只剩躯壳。

第三辑

从此以后

（2015—2020）

从此以后

从此以后，要登高，悲秋。
要从下山路中发现向上的蒺藜。
每一片叶子，都会变成蝉蜕，
都会在与时间的交锋中拔除肉身上的刺。

从此以后，要独居，驱虫。
要从白云的诡谲中窥见苍狗。
天空的一半，将倾倒整夜的雨滴，
直到黎明从第七个笛孔中吹出。

从此以后，要洗尘，降噪。
要让骨架里的白键发出玉的声音。
翻过一页乐谱，就到了低音区，就像
从江南迁居到江北，并难以重返。

从此以后，要打理一棵枯树。
要让枝干的旋转在那根轴上静止。
要忘掉遍地碎锦，满腔扶疏，
只为年轮找一支柔韧的笔。

从此以后，要逐渐放弃口述。
要写下而不是说出命运。

要绕到纸的背面去，辟出空地，
留给大雪之前从疼痛中蹦出的丛菊。

从此以后，要赞美秋后的天气。
要怜悯一部部史书里不如意的镜子。
要跨过冰面走到镜中去，不动声色，
暗自感激光阴折出的那道深痕。

2015. 9

希绪弗斯问题

在经年累月的重负之下
石头会不会变成他身体的一部分？
或者，他的心智，他的情感
会一步步分递给石头，让它
学会反思与悲悯，并慢慢软下来？
没有人追问，这斜面的倾角，
这巨石的半径，没有数学家
掏出纸笔，演算这一段苦难的长度。
没有人从这无尽的循环中
切分出白日与夜晚，切分出
他瞬间的佝偻，喘息和哪怕一丁点的满足。
为什么他不能在某个时刻
直立起来，甚至飘起来，远远看去
像是石头背着他？为什么
他不能在睡梦中和石头一起腾挪，
在横木上来一套漂亮的空翻？
哦，希绪弗斯，他降落到哪里，
就会把整个星球扛起来，
扛起泥坯、盐柱和洪水后的饥荒；
扛起火种、壁画、卷轴上的疑团……
而随之而来的问题是
从何时开始，希绪弗斯与石头，

看上去更像是，一个小人，
推着一颗巨大的泪水？

2015. 9

卡吕普索的长恨歌

可怜的人啊，在我的身边停止恸哭，别再让
你的生活枯萎，我将怀揣好意，送你上路。

　　　　　　　　　　　　　——《奥德赛·第五卷》

玉容寂寞泪阑干，梨花一枝春带雨。

　　　　　　　　　　　　　——白居易《长恨歌》

去吧，树根。越过重重大海，
去找到你的土壤，去拥抱橄榄枝。
去吧，让细叶在金雨中再一次蹿动，
树冠在欢呼中举出王冠的形状。
去吧，去用根须的箭镞和虫豸们交战，
用它们的尸骨奖励忠诚。
去吧，去击溃，去兴建，去泄愤，去宠爱……
为每一个粗粝的动作找到恭顺的承受，
为你的圈套找到同谋与猎物，
为甜言蜜语找到耳朵的糖罐。

孤独适合瘦身。并非因为你的离开，
而是吹胀的生活又开始收缩。
在海啸中，群岛退守为一座孤岛，
呆望火山，干咳出去年的烟圈。

腐烂的果实滚入海水的浮沫，变酸，
从那里升起发酵的夜，蒙面之夜，
错落的鱼骨仿佛匕首，
将朝霞逼到月亮的缺口。
从那里冒出了死亡的尖刺，
威胁将我的永生捅出一个窟窿。

（两种致幻剂：大海与仙山。
在大海的汹涌深处隐藏着仙山的缥缈，
在仙山的静阒中回荡着大海的召唤。

在爱与冒险之间，一根钢钎
可将幻觉固定住。树根再次直立起来
以桅杆的站姿指引前途未卜的航行。）

那我们来说说航行：它当然由
无数的风暴组成。既然经历过地狱之火，
就不需要歌手虚构鸟人与海怪，
夸大洋面上一闪而过的飞禽与鲸群。
一段相似的七年迎候着你和
温柔的妻子：她屈从于知识的吊诡，
被教育成满头银发的灯塔或风车。
她会一次次收到，从另一个大陆寄来的
种子与书本，并偶尔在灌园后
为另一个国度的妃子垂泪。

我必须承认，当你驶出我的视线，
我将一切混淆了！黑暗中水藻的白牙
在记忆中乱翻出血点！
山坡上的珊瑚，飞旋成红霓裳；
海底梧桐，巴掌伸入寝宫中的烛帐。
请告诉我，从一万个不幸中
如何拣出万幸？我没有力气眺望，
没有力气讲完你难脱一死的命运，
没有力气呼吸！——即使这样，
我仍然得不到死，甚至得不到睡眠。

（那一天当我从木马中钻出来，
曾以为，那些死去的人都坐在城堞上，
像爬出渊薮的鱼在岸边晒着鳞片。

我还看见，一个美的幻影
从血泊中升起，向东潜入大海，
在天水相接处散开风的云鬓。）

你在偷梁换柱。这一次我将识破
你的诡计：你在把时间的表往回拨，
妄想用攻城的浓烟伪装出幻觉，
用他人的悲剧博取我的同情。
你在试图用普遍性的爱去稀释
个体的恨，用远处的殷勤掩饰淡漠。
否则，为什么不是漂泊到

都柏林的那个懊恼黄昏，你腆着肚子
在沙滩上和余晖搭讪，像是
蜕皮的树根在乞求施舍。

在漫长的年月中，你是不是也曾想过
时间会再次停下来？而我的世界
会跃出海面，为你铺开又一个黎明？
你是不是会用泉水擦去
船舷上的铁锈，并恳求返回的爱
擦去你身体上的道道褶皱？
而我曾在幻觉中预演这样的场景，
在你旅途中每一个哭泣的时刻——
但这不是我想要的，
你的巧智与雄心，不是我想要的。

2015. 9

月球观察杂谈

桂花树，在聚焦中耸立成环形山。
这是亲近陡然反弹起来的敌意：
金黄果皮渗出晶体状的层层毒霜。
就像这时，她撩开云纱召唤你
打开一坛酒，香雾耽荡于空心的洞——
你要知道美的肉体，凹坑更多更遮蔽，
而时间，要么是子弹的光，
要么是光的子弹。
但你只被允许，将一颗眼珠压进
望远镜枪膛，猎物不允许想象成尤物，
科学不允许抽象成形而上学。
在最后递过来的纸上，你只可能
对着准星画下近似的圆，
并用散点在平面击打出它的粗糙。
如果你还留有大片空白——
那意味着高悬的神秘，还是低回的拒绝？

2017. 1. 8

洪水中的椅子

题 Ursula Neubauer 画作

一把椅子，有沉痛的瞬间。
有充足理由退入画框内的阴影，
只溅起一抹泪花。

一把椅子，有实心的记忆。
灾年备忘录翻到末页，
白颜料凝干在绿藻的疏忽里。

水，罗曼史之纱的拖尾，
仍然可以蓝得像秋后天空，
蓝得像欢乐进行曲再次起航时
不小心撂翻的一船勿忘我。

水，扶起花瓣中椅子的腰身。
一个面容浮在更高处：
他只需要简单勾勒出的无羽之翅
携着尘世的整个形状
掠过茫茫的天鹅绒大海。

2017. 1. 15

勋章菊的黄昏

我知道在此之后，你会扔给我
一团乌黑蓬松的仲夏夜
蟋蟀抠出嗓子里的碎玻璃，
螟蛉战栗，蜘蛛编织成捆怨气。

月亮猫在野外的林子里
一张冷弓，挂着沉甸甸的箭袋。
我该如何护住你施舍给我的
第一道疤痕
在你将我选中，将我烫伤，又将我遗弃之后？

但还会有人逼我交出你的刺青，
会有人在我的根茎里
搜捕向上的梯级，从我的花柱掸下
蝴蝶的邮戳和你的地址。

我曾经炫耀过对你的占有。
我胆敢与虚空为敌
那是我厕身其中的世界的假面啊
再没有奖赏像金粉授予我
再没有丝线在花瓣边缘绣出你的形象。
你看急匆匆的月亮，正沿着田埂

收割萤火的明明灭灭。

2017. 1. 21

波尔图短章

鱼市早早散去，泊在铁桥下的船
规劝一跃上岸的绳索收回腥气。
大西洋，继续向葡萄牙吹送轻雾，
薄如糖纸的低云在入海口翻卷。

插在山坡上的圆筒冰激凌房子
涂满奶昔。蜂蜜色的光，缓缓
滴入对岸的酒窖。玫瑰从那里酿出，
沿巧克力街道跳上咖啡屋的花窗。

鸽子衔来樱桃，搁在蛋糕形的教堂
那饱蘸浆汁的尖顶上。哦，管风琴
对着人群哗啦啦掀开糖果盒子，
一座城市的味蕾上燃起缤纷焰火！

2017. 1. 24

那些年

我见识过大海，
风暴的珠贝吐出繁星。

我曾目睹落日多么贪恋黄金帝国，
贪恋缠在天际的红袖。

我慕名访过一些城镇，
建在冰川或断崖上。

我也误闯某个无名港口，
商人以鸡粪交易血色玳瑁。

我在壁画上看到群鸟来袭：
它们像暗箭，像狂暴空气的拳脚。

我在预言中读到众声喧哗：
真理之虹，用针线授粉。

我久久盯着水晶球发愣，
圆环与圆环之间紧绷着杠杆的忍耐。

我转而求助万花筒，

它教会我遗忘，和醉生梦死。

我患上过令人羞愧的疾病，
那是由恐惧传染的。

我在顽疾退潮后与群芳欢宴，
迷迭香、郁金香与丁香。

我辜负过好女人的爱情，
她的美貌虚掷与美德。

我听任于坏脾气的赌注，
骰子滚滚向前，拖着那些年的沙砾。

2017. 1. 26

新年之诗

一冬无雪。清净难求。
鸡毛掸子从旧日历赶走一地鸡毛。
我点燃一支烟，让它烧到气数将尽，
火星儿在烟蒂剜出落日。
钟，躲在暖房里擦拭
三支银枪——只待一声令下，
它们将列队迎接二十四个新岁——
仿佛接下来的一年，所有的节气
都将整饬一新：雨水随早春降下，
夏至之夜奔向湖里的群星；
更有秋风，与寒露欣逢在旅途，
而小雪和大雪，会补偿去年
被雾霾层层盘剥的不安适的短冬。
我搁下手中的烟，从水果篮子
捞出一些红橘，分递给
围坐在炭火边打盹到凌晨的亲人——
我知道他们并未沉入梦乡。
他们心中还有一寸
争分夺秒的春草。我知道。

2017. 1. 31

老友重聚

父亲回乡之时，他的一群朋友
约好了来看他。从刚见面的寒暄中
我知道：他们放下了农活或生意，
或一大早就给卧病在床的老伴
准备了一天的饭菜。
但这些叔叔伯伯，我并没有太多印象，
只好堆着笑让座、递烟，然后闪到一旁，
观察重逢后眉宇间可能跳出的喜悦。
可哪里料到接下来竟是一阵沉默，
他们面无表情地嗑瓜子，一会儿
往炉子里添炭火，一会儿给茶杯续水，
仿佛对未曾谋面的几年无话可说。
而父亲在更沉默的世界里。
（失聪的他，看到了嘴唇欲言又止。）
他递给朋友们笔和白纸，仿佛
是让他们用铁镐去捣碎泥洼里的冰。
接着他抛出一连串的问题，询问
过去的街坊邻居们的下落。
于是有微微颤抖的手
写出几个答案，又将笔交给另一只
长满老茧与冻疮的手。
我瞥了一眼那些笔迹，发现一些人

已经搬到小镇北边的坟场，

还有一些似乎是南边诊所的常客。

父亲唏嘘着缩入他的沉默世界。

（那些朋友转而和我交谈，关心他的耳朵。）

我开始回忆那个深秋的出差途中，

父亲突然发来的短信，和

寒风突然扎入耳鼓的一阵哆嗦。

还有后续的一个月在医院的高压舱，

父亲怎样像宇航员，去慢慢接受

外太空的静。以及失去某种信号的孤独感。

这群老人边听边叹息，时而响起

几声咳嗽，抖一抖弯曲的身板。

我明白是时候停下来了，让他们聊聊

这个年纪少不了的病痛和药单，

并交换最近听闻的养生之道。

父亲将由沉默世界再次加入。

（眼睛又发现了客人翕动的嘴唇。）

我起身离开时，他们已习惯纸上谈天，

话题开阔起来：一个叔叔随手

画下的几道波纹竟让父亲心领神会，

就像他们六十年前凭一个眼神

就能约好去长江汜水、去生产队

偷萝卜，或去小广场向跳舞的人群扔沙子……

几个满脸皱纹的少年把头凑在一堆，

他们又写又画，偶尔窃窃私语，

直到这曾被他们闹得天翻地覆的小镇

垂下夜幕，都迟迟不愿回来。

2017. 2. 6

太空针

离开地面，来到近两百米的高空，
西雅图的不眠夜在四周飞行。
直升机，在灯火与灯火之间穿梭，
月亮从轰鸣中蹿出，仿佛又一处人烟。

大海在远处，但它的呼吸在近处：
那么多的触须和藤蔓。那么多的瞬间。
一扇扇窗吐出玫瑰色的气泡，
那向上飘的是花瓣，向下落的是玻璃。

水滴在塔顶的陌生中辨识缘分。
寂寞乌有。如果秒针在交踵时停顿。
而迎面而来有更多肩的螺旋桨，
孤独遇上不可知，葡萄的酸分解成小球。

想象更小的沙粒，在针尖眺望浩瀚。
风从一边来，把它吹向另一边。
是时候随这迅疾落向地面了，
带着针孔，和从中涌出的万千世界。

2017. 2. 19

进　入

艺术家将一块石灰石

从采石场挪到博物馆，对半劈开，

从中镂出余地，恰好容纳

他的全部身体。他进入石头，

填补那被锯子和刻刀掏空的部分。

接下来的一星期，他像石头一样

闷声不语，把棱角彻底交给湿润的空气；

他以为这样就突然进入了石头

漫长的历史，每一秒都在

被风化，被剥蚀，在默默领受这

整体的静止中细至毫颠的变化。

他会冷冷看着走到近旁的人类，

任他们指指点点，既不嘲讽

也不怜悯这终将被时间抛弃的异类。

他这样解释行为的动机：

认识石头，最好进入它的内部，而不是

隔着距离观察，哪怕只有一丁点。

两年前，他也曾经进入过一具熊的骸骨，

在它厚厚的黑毛皮里冬眠了两周。

他给熊带来呼吸和心跳，

作为一份礼物，感激它对

进入腹腔的允许。在不得不蜷起身子的

十多天，他明白冬日难熬，
纵使没有冰雪，和从远处逼近的猎枪。
他或许会认为能充当熊身上的
一块油脂，当咽下几只甲虫，
当他肋骨间的饥饿填满熊体内的空洞。
那次展出的地点，是在一个悬着
枝形吊灯的陈列间里，四周的墙壁
挂着一些油画：静物、宗教、战争。
观众们从一个入口进来，再从
侧面的出口离开。他们络绎不绝地
进入，但从未填满这并不宽敞的空间。
他们站在动物庞大身躯的阴影之外，
如游移的行星，划出犹疑的轨道。
哦，想想这个世界如何组成？想想你我。
想想晨昏之间的无数缝隙，
以及缝隙里一闪而过的无数晨昏。

2017. 2. 27

第一场雪的观察

落在橡树上的雪，和落在松树上的雪
是同一阵雪。

落在地面上的雪
抱着橡树的腿，也抱着松树的腿。

落在地面上的雪，吃橡果
也吃从松枝上射来的针。

还在空中的雪，还可以挑选落脚之处
钻进石头缝，或踮立在窗沿照镜子。

它还可以犹豫，借着风往回走，
这一刻，它还是一颗最小的自旋星球。

而如果在铁轨上铺开，就会像
肉案上的肋骨，赞美更冷的刀锋。

落入站台的雪，练就了耐心。
落入列车的雪，学会了奔跑与呼啸。

落入水的雪变成水，落入冰的雪变成冰

落入沉默的雪，加入沉默的合唱。

落入清晨的雪是蓝雪。
跌入黄昏的雪是深灰的尘埃。

2017. 12. 10

第二场雪是精确的雪

从十二时到六时的雪，将身长
控制在一把尺子允许的刻度。

所有的质点沿着垂线降落，
在平面或斜面，无穷小堆成无穷大。

仿佛穿过黑暗区间的无数个零，
在落地的一瞬变成最大的自然数。

所有的树，都是它的约数。
万家灯火，在灯火矩阵中温习朴素加法。

一定有一条直线将它一分为二，
让它在对称中循环，在循环中对称。

它在钟摆的射影中运动，无限
趋近静止的运动，六边花瓣的呼吸。

一定有一种透视图探入它的凸面，
在它的玲珑中找到剔透的悬轴，

直到它的偶然性在一束光里融化，

未知数插上火焰扇形的翅膀。

一定有唯一的完美公式来描述它。
在另外的坐标中，我们称之为命运。

2017. 12. 15

等待的雪与错过的雪

来自佛罗里达的客机，降落在
银河里一串贝壳的正下方。

跑道两侧的雪，堆起白沙滩
迎候从机舱里飞出的海鸥。

它们的羽毛里还有涌动的潮汐。
还有一排排棕榈，从南方前往北方跳伞。

柔软的雪，有弹性的缓冲垫子，
托着你的脚，托着一直往下沉的桅杆。

在它的清冷里有太容易忽视的善良。
这就是它的热情：目送你离开，

独自在愤怒的风暴中出神，独自在
冰凌的阴影下给热带写信，

但从不寄出。我错过了第三场雪？
我错过了第四场雪？第五场雪？……

所有错过的雪，组成第三场雪。

所有错过的信，拆开都有美丽的名字。

夜空，月亮的螺旋桨翻卷云朵。
一场新雪，升腾在群星连缀成的航线上。

2017. 12. 31

维兹卡亚花园的新娘照

一只白鹭，立在绿潭的边沿，
脖子，绕开槲树和黑松的茸茸殷勤，
迎向黄昏斜斜投来的光柱。

兰花，抖开雪白的纱。
落日在它的花亭上微颤，梳理
慢慢合拢，慢慢垂向地面的羽毛。

不愿惊扰，不敢呼吸——
碧绿的潭水快速画出完整的白鹭，
画出她的幽香，以及细长的红喙

轻轻叼着的忧伤。
这样一个瞬间，被水翻转过来，
被它贪心地拖向底部，擦亮鲤鱼之鳞。

在背景中的宅院里，游人如苍鹭乱飞——
一个家族留下了旧时代的家具，
还有挂在墙上的泛黄合影。

而花园，依旧如船只面朝大海。
有只黄鬃蜥，从断桥爬向波浪：

琥珀融化，尾随泡沫中滚动的橄榄。

2018. 1. 2

雪　暴

号角，从午夜一直吹到天亮。此刻
激战正酣，此刻天空正疯狂投下伞兵。

他们已经不需要在掩体里潜伏起来，
他们早已粉身碎骨。他们是曾经

走到冥河边濯洗过脚踵的敢死队，
一手握着尖矛，一手攥着不着一字的遗书。

一边进攻，一边清理战场。
火山吐完灰烬，变成肃穆的风景。

跃出壕沟的雪，微型的大理石雕像
站立在河流切割出的棋盘里。

他们控制了所有的直线，所有的斜线，
把假想敌扫进冰窟般的棋篓。

浩浩荡荡的缟素之师：道路上
挤满了白车白马，一脸冰霜的禁卫军；

而一身白袍的教士在风中传播福音，

爱打扮的皇后，抚摸一面最辽阔的银镜。

只有一个黑衣老人在雪暴中铲雪。
这被罢黜的国王，从遗忘中抢救史诗。

2018. 1. 5

晨起登克莱山

—— 给蒋浩

你指给我看浓雾中那条登山的路，

它的两旁有成群的黑松。

你指给我看昨天太阳升起来的位置，

天空并没有亮起来：光在吃力地钻过凝乳，

如果它还记得一个约定。

你指给我看一树海棠，一小时后

还将回到这里，那时它会熟悉如故人。

每向雾里迈一步，雾就后退一步。

你指给我看泥土间腐烂的苹果，

没有人注意到它们的成熟。

你指给我看枫叶，蓟丛，笔挺的冷杉，

红的，绿的，黄的，相安无事，

各自悄悄领走分配到的露珠。

你指给我看大片大片的菊芋占据山坡，

阔舌头舔着牛奶，懒蜜蜂，

趴在它们的味蕾上等待喂养。

我们从雾的中心往边缘走。

你指给我看倒垂在草叶间的蜘蛛

在悬丝上转体，迅速逃离蓝水洼的电流。

你指给我看死去多日的豪猪，

腰腹上银针依旧在闪光。

你指给我看沿着下山路排开的独腿邮箱，
它们还在等着麻雀，捎来
另一个邮箱的消息。

你说

克莱山的一切，都进入了你的诗。
你说它们那么美，如果一起
在稿纸上铺开，在无雾的清晨。
你说接近山脚时还能听见
基训河的流水，还能听见翻腾的浪花
述说倾听者的命运。

我相信。

因为诗的友谊，和
种种偶然汇集成的必然相遇。

2018. 1. 7

郁金香

半个月前，它们看上去很委屈：
在角落弓着腰，系着塑料围裙
擦洗灯罩扔来的灰蒙蒙的碟子。

我把它们转移到面前的书桌上，
摊开一张旧报纸。它们扭过头
透过百叶窗的指缝看落叶纷纷。

秋日适合思乡。我不敢将它们
和磨坊形状的铅笔筒摆在一起，
不敢将它们和坐过飞机的水壶

摆在一起。有时它们会照镜子：
花瓣上会突然飞起蓬松的红晕，
茸毛立起来，就像零点的秒针。

我不敢将它们和女诗人的选集
搁在一起，也不敢和小公主的
童话书搁在一起，特别是夜晚。

它们在黑暗中反而显得更明亮：
玻璃上放映快乐影子之舞，我

想起一部旧电影里的熊熊烈焰

火红的裙子和火红的鞋被抛向
高空，而从慢镜头里的下坠中
可以看到褶皱起伏如岩浆流动

可以听见空气削出黎明的声音。
而它们还站在那里，绿桌布的
湖面上，漂着一船黑色的粉末。

哦郁金香，我不该将你和火柴
放在一起，我不忍走到你面前
掀开百叶窗看看外面的坏天气。

2018. 1. 10

黄昏在基韦斯特

请把这里当作陆地的边缘，落日
就会更近一些。请在落日沉坠之前
把通往广场的街道空出来，捕鱼船很快
将游入这些支流，为红鱼寻找宵床。

请不要惊愕，当天空扔下火把，
点燃海面上的枫树、杨树，还有银杏树。
节日马上会熄灭，请在乌鸦归巢之前
为阔叶林的勇气送上掌声。

请把卖艺的流浪汉当作你的父亲，
他靠双脚走到码头，此时站在刀尖上
抛接着另外的几柄刀子。请给他一些硬币，
请叮嘱他不要将温柔藏在心里。

请不要怀疑，棕榈的手正为你
拧亮一盏盏灯。依然有南风，吹向
这极南之地。在这一刹那请不要怀疑
你来到了世界的中心，坐落在陆地的边缘。

2018. 1. 12

乌鸦喝水

乌鸦戴着冠冕来喝水

它在瓶子里看到了百鸟之王

乌鸦不渴乌鸦拍拍翅膀飞到闪光的屋檐下休息

乌鸦插着鸢尾来喝水

它在瓶子里看到了一道虹彩

乌鸦不渴乌鸦清清嗓子飞到花园里唱歌

乌鸦啄着玉石来喝水

瓶子中央涟漪吸走了数不清的玉石

乌鸦不渴乌鸦转转眼珠乌鸦飞入矿井

乌鸦咬着腐烂的鼠肉来喝水

瓶子边缘泛起白沫

乌鸦想吐乌鸦抖抖身子乌鸦马上扭过身子

乌鸦邀请鹪鹩斑鸠麻雀一起来喝水

它在瓶口边缘转了一圈又一圈

乌鸦很渴乌鸦呆呆望着瓶底的水如望着宇宙深渊

鸟儿们很渴鸟儿们对着水喧嚷跟着乌鸦悻悻回到树枝

乌鸦在夜里又独自过来喝水

它从山坡上捡来一些黑色陨石

乌鸦把这些神秘的星星扔进瓶子里

它瞅着水面上升它很渴但并不急着喝水

水已经到了嘴边

而这些换出水的星星

等着乌鸦用另外的智慧来命名

2018. 1. 14

贝壳与雪的对话

从清水湾捡来的贝壳搁在窗台上。
窗子外面，一簇新雪，抱团生冷。

这边，空气如海水，冲刷灯塔的防风帽；
那边，枯叶像被冰困在北方港口的船。

透过玻璃，它们就能看到对方的脸：
皱纹刻在贝壳的颊上，雪垂下严峻的眼袋。

贝壳说："我身体里曾住着一只
柔软的动物。"是啊，触碰过去是美好的。

雪说："如果用心看，我的毛孔
还在开花。"是啊，现在绽放还来得及。

贝壳说："星星曾坠入我怀里，
它向我描述过纵身一跳的眩晕瞬间。"

雪说："看那些翻卷的乌云，你可以
想象躲不过去的浪，随后会有清静。"

贝壳于是照照镜子：向外探的百合。

雪偎过来，拢了拢毛茸茸的翅膀。

这一幕，多么像盐和勺子在一起，
多么像耳朵，和轰鸣的白纸并肩歌唱。

2018. 1. 17

旋转木马

木马会说谎。它们让一座城
服下海水，相信自己是盐做的
海市蜃楼。它们应该待在废墟里，
蹄铁和鞍鞯，变作隐翅虫的游乐场。

木马会隐身。捉迷藏的好手，
用晨光复制影子，投到跷跷板
系着缰绳的鬃背上。其实它们在
荡秋千，以风的速度来回画着虚线。

木马会致幻。像一架又一架
刷着油漆广告的无人机，寻找
饮料罐子，往薯片上抹罂粟花蜜。
世界是万花筒。关不住的春色摇漾。

但这里还是有排着队的人山人海：
孩子们攥着气球，雀跃着哼唱
圣诞之歌；情侣互相依偎，跺脚等待
爱情随风飘的时刻；老人颤悠悠地
往前挪步，小心避开地上的残雪。

木马知道他们想要什么。木马绘上

节日的彩妆，眼角挂着海马的微笑。

木马驮着人类，像地球一样旋转不停。

2018. 1. 23

在西半球看东半球的雪

那些该来的，还是会不经意地来。
有时候等待，只是想看那些终将逝去的

如何从手背上滑走。盼望中的雪
下了，只是落在别处。喜悦亲近了两秒钟，

但一碰就融化了。蓝色天空不喜悦，
也不悲伤，这是宇宙永恒的原因。

有时候远方的雪比近旁的雪更真切：
落在玫瑰和水仙的唇彩上，落在故居前

梅花的红晕之中。我从没有想过
擦上雪的粉底，植物的脸谱如此妩媚：

插着花旗的花旦伸腿踢开花枪，
水晶宫里的青衣，从嗓门里吊起银铃。

最后的声线，挑起帘子飞入后台。
巨大的孤独直直立起来——

我是说眼前这些北方的冬树，

叶子被候鸟寄给了南方流浪的歌手。

我是说从东至西爬来的崇山峻岭，
以及沿纬线向雪国驰去的寒潮列车。

2018. 1. 25

在百叶窗下读一首英文诗

阳光穿过百叶窗洒在面前的书页上
一首诗拆成两个部分：明亮与昏暗。
你读它的时候，每次移到换行那里
都仿佛要在两个台阶间跳一跳脚尖，
或不自觉想从水面下钻出来透口气。
你或许会发现这首诗里有两个世界，
一个在给另一个喂食，又张开大嘴
想吞掉它，把它拖入修辞的胃酸里。
你或许会虚构两个人在悬空钢琴上
联弹：手指碰到的键在摩擦中碎了，
寂静像透明瓶盖，把音符按在瓶底。
你可以选择只读明亮的部分，那些
火柴一样的头韵，钨丝一样的尾韵；
你可以只读它的昏暗，把它的隐喻
塞进魔术师帽子，变出隐身的彩条。
你还可以稍稍挪一下书页再从头读，
明与暗，交换位置，此时你将迎来
一首全新的诗，唤起其他秘密作者；
而这首诗也知道，穿透百叶窗的光
也穿透身体——它面对另一个读者。

2018. 1. 30

考古学家的梦境

他在梦里用双手挖着大海，
海水甩在沙滩上，像蓝色凝乳。

殷红的珊瑚礁露出来，血痕
随处可见，但那并非数千年前的古战场。

鱼群在撤退：它们扔下一些鳞甲，
或者扔下整副骨架，每一副
都是被飓风卷走的船只的残骸。

只有在自己巨大的影子里，
他才能看清贝丘上的楔形文字
指引他进入从未到过的废墟：

他腿部的圆柱，支撑着随肠胃蠕动
而摇晃的腰腹的神庙；在他的双肺之间
角楼吐出浓烟，熏黑了大理石头像……

在他的背后，镀金的大海正吞没城市
藤壶在钢铁上烙下箭镞的火焰。

他隐约听到有声音唤他回去：快丢下

这具身体，在时间的海啸再次掀起之前。

2018. 2. 4

取水少年

除了水，你并没有看见什么。
你看见的一切都会消失，除了水。
但依然有一个瞬间，你会距离美
那么近，你会想用手中的陶罐
把星星的珠串舀起来，把水仙金簪
和睡莲玉镯全部捧回去。
在这个瞬间，水愿意给你它的所有。
它照亮你，仿佛你就是那个
被神选中的人。仿佛全世界都爱
你的青春。而你需要时间去爱全世界，
哪怕走入水中，敲碎你的陶罐，
从另一个地方湿漉漉地孤身上岸。
除了这个瞬间，你并没有拥有什么。
你在黑暗中消失的瞬间，
还将卷走你曾拥有的这一瞬间。

2018. 2. 7

画迷宫的孩子

他动用了全部铅笔、尺子和颜料，
告诉我要在纸上造一座迷宫。
看上去这是个浩大的工程，因为他
首先标出的，是左上角和右下角的
入口和出口，以及正中心的
红色圆陵。"那里通向一个地下世界。"
我没有跟他提及，如果设计成九层，
将会多么恐怖。但他已经在角落里
放置了巨兽和僵尸，那是
从漫画、电影和游戏指南上抄来的。
这些寥寥几笔勾出的怪物，
圆胳膊圆腿，腆着肚子，更像是
马戏团的滑稽小丑，他们禁止人通行
只是由于没有代金券换来的门票。
接下来他画了一些水池、丛林、城堡，
世界被缩小了。世界被制成坚固的谜语。
没有交通工具去往真相。
每一扇被封堵的门，都没有钥匙，
也没有阿里巴巴的咒语能够撬出捷径。
他开始用直线或弧线的组合
拼接出路径：跟着他的笔往前走，
冷不防就会碰到封闭的直角如锋刃

剪灭希望之烛。但有时也峰回路转，
墙角会突然垂下梯子，
一棵树后藏着深洞通向它根部的盘曲，
分别从沮丧里捞起了好奇。
这时如果隔远一点看，纸面已经
复杂起来：到处都是拐弯，
像开挖地铁的城市，无论怎么绕行
都躲不开内心的巨大轰鸣。
多么担心啊，当他凝神趴在这纸上，
担心他一下子坠到这迷宫里，担心他
没有干粮和线团，没有指南针
为他拨开雾霾，送他到敞亮的旷野。
我悄悄走到他身后，用手攥住他的衣角。
让他继续画吧，就当作对苦难的认识。
而他的父亲，该考虑用什么
做一对翅膀，让他在大地上迷路时能够飞起来。

2018. 2. 10

鸟鸣新年

我听出那是些鸟鸣。而昨夜的，
或者说去年的雨水
已杳无声息。好吧，是时候告别
安静的早晨，告别只有一种声音的早晨，
是时候为这些鸟儿掀开窗子，
让它们的啼鸣刺破冬眠，
将空气啄成漏斗、漩涡和蜂巢的形状。

而屋檐并没有看见它们。没有了
积雪的压迫，它长高了一寸，
攒尖处的翘起，犹如翅膀。
草坪也没有看见它们。依然堆满
落叶，一俟有风吹过，它也
扬起翅膀，露出新羽一般的绿。

最高的橡树，有最大的翅膀，
最密的赤松，有最多的翅膀。
它们比我更早听到了鸟鸣，虽然
也还没有看见。

山峦有鹰的翅膀。云朵有天鹅翅膀。
秒针轻轻拨着蜂鸟的翅膀。

我听到确凿的鸟鸣，向那黎明的合唱

展翅飞去——

2018. 2. 16

飞雪夜舞

风中飞雪，是天生的舞者。
它们的脚，刚好塞进一只迷你水晶鞋。

没有光，就跳萤火虫之舞。
没有音乐，就从寂静中踢出节拍。

或许并不知道因何而跳，为谁而跳
可歇下来，就可能变成一堆白骨。

看哪，它们柔弱的身躯始终在旋转，
好像真的存在一个确定的圆心，

好像那才是从虚无中创造出的唯一，
而一袭素白，只是谢幕后就要退还的裙子。

看哪，无数的白天鹅，衔着芦苇。
挑起的脚尖逼向夜的深潭，那黑天鹅的阴谋。

跨过黑暗，有时只要破晓前的一个腾跃，
有时却要耗尽芳华，青丝换雪。

而广阔大地正在接纳坠落的舞者，

扶直她们的腰，在弹腿跳中迅速转身。

这将是稿纸上开始的另一舞段：
水滴般的动词，蹉步抛出句子的涟漪。

2018. 2. 19

临湖观马帖

雪花马，青骢马，枣红马，
墨一样泼出去，划出锋刃的黑马。
云朵般温驯的马，芦苇般清瘦的马，
四肢如桨橹，朝桥洞驰骋的遒迈的马。
这些扑扑跃入镜子的玲珑马，
跳出镜子化作雾霭的破碎马。
还有在涟漪边缘踯躅的马，在漩涡中心踉跄的马，
突然被一束光挑中的蹁跹的马。
这些涌溅的马，漫溢的马，潋滟的马……
马群从湖中登岸，倾听黄昏的蹄音：
那把风筝系在鞍鞯上的马，让露水
滑进眼瞳里的马。砑磕的石马，
镕铄的铁马，在大火中烨熠的木马。
那在棋盘上纵横的得意马，
被机械手臂拽进圆轨的失神马。
那些拖拉的马，摇摆的马，执拗的马；
惊悸的马，怜悯的马，慷慨的马……
这些老马——它们也曾竖起鬃毛
与死亡对峙——就像此刻湖水
卧对星空，霎时拼出马的全副骨架。

2018. 10. 23

梦里的动物

我在梦里见到了那些动物：
蜷缩在笼子里，如单字被挤变了形
拼不出峻拔的复句。我走近它们，
去辨认鳞甲上的伤痕、羽翎间的血印，
它们齐刷刷地转向我，像擦皮划亮
惊觉的火柴。磷烟将我推到梦的
外面——唯有夜雨，扑灭野性的躁动。
城市冷光淋漓，不动的人造星星。

人类被隔离在方舟的茧舱里，
依血缘分类，看钟表进食。
历史对我们说，海水终将退去，
到达新世界，只需要漩涡中弹出
拐点的琉璃珠——右舷的望远镜里
颠簸着一抹绿。人群涌上甲板
朝未来挥手，却找不到双翅健全的
鸽子，去带回梦穴之外的真相。

2020. 2. 8

在橘园

还需要一点耐心：果实，将从
枝头坠落。等它们有骨有肉，
拳头攥紧，就会扑扑跃下！
瞧这砸在地上的狠劲——
降落伞里，一定藏着有生命的野兽：
敦实的驴，蹦跳的鹿……田沟里
滚动的，是求生的角马和瞪羚
在迁徙：追着风跑，追着晚霞的血衣跑！

那么，再多些耐心，等火红的大象
从西山的褶缝抽走尾巴，等一枚新橘
蹿上天空。它的汁液，如
夜莺的歌喉：蜜的丝线垂向倒悬的海。
厌倦了尘土的黄鸟们，快快
飞回枝头吧！将翅膀缩入
小小的子宫，如橘瓣那样彼此拥抱，
然后将脐带连到同一棵树上。

2020. 2. 10

《俄狄浦斯王》的开场

愁容满面的乞援人，匍匐在
祭坛脚下，捧着缠羊毛的橄榄枝。
瘟疫在讨债，沿途收缴利息，
滴血的舌头舔过市场，朝城邦中心扑来。
更多的民众抱着石柱哭。他们的国王，
正从王后的寝宫急急赶来——
他的双眼，曾迎着女妖的利爪看到
悬崖边的曙光，并通过解谜说出了真理。

他暗中祈求，那派往神庙的使者快些回来，
他要展现过人智慧，将苦难的真凶
用逻辑的绳索绑住，从另一个谜面里
牵出贼头贼脑的蝙王——
而他从未意识到，多年前当他脱口给出
人的答案，那头狮子纵身一跃，
并没有坠下深渊，而是化作轻烟
钻进他的身子，将鬃毛贴在他的虹膜上。

2020. 2. 15

《尤利西斯》，第十三章

落日的兰花指，将他引向一个少女：
在银滩上出神，她胸腔里的温柔，
将玫瑰色圆丘投向细沙的画板；
当她对着大海里的浮木撩起衬裙下摆，
晚钟正穿过黄昏飞来，缠住她手上的
十根弦，在怀里织出紫藤的宫殿——
从这里迎向他，完美无瑕呵，
如泉眼一般的白鹭天使瑙西卡。

他会佯装成刚从巨鲸的木马中
跳出的吼啸，而不是在背后的城市
漂泊了一天后被排放的呻吟。
而此刻，她却跛足走向另一种命运，
羞涩让她转身；正如卑怯让他远远跟着
那深浅不一的两行脚印，低首朝肠道
踉跄而去，如蚯蚓钻回黑暗——
去遒劲的根系间扒拉箭镞与热血。

2020. 2. 20

204 |

无枝可依

从下午到黄昏，这只鸟在楼顶盘旋。
它没有停歇，它似乎不愿停歇——
天空的球面镜上小小的一粒悬尘。
早些时候我曾见它落在草丛，边啄食
边往前走：一瘸一拐，当左脚
踏出，整个身体就像倾斜的高脚杯，险些
溅出红汁。很快它抖动翅膀，取得平衡，
后来干脆以飞行的完美勾除了缺陷。

弧线，几次从我眼前的樟树划过，
如一艘游轮，被码头退还给无常的大海。
它在树梢搅起一阵阵悸动，终于
朝晚景中的鸟群振翅追去，临街的梧桐
沿湖的弱柳都没能诱它驻足——
或许，它也不忍心站在城里的枝头
垂瞰孤单的孩子在树影下恸哭，还有
冬夜寒风中苦等病床的重症老人。

2020. 2. 23

凌晨四点的失眠者

梦里的合唱团将他推出来，黑夜
为他的辗转腾出一个空位。
乌纱，盖住琴键上的双色梯田，
一双手在暗室里摸索音栓的种子。
他能听见自己的呼吸：一个人的孤独，
是刺穿寂静的针。他想着如果
千万人的呼吸拧在一起，会不会缩成风，
如蝴蝶的翅膀扇出山呼海啸……

他侧侧身子，从最细微的动静中
用时间的精确隔开动和静——
窗边的高树是窣静的，而月影在移动；
几里外的长堤是肃静的，而江水在流动；
茧是哑静的，而扑火的飞蛾动人心弦……
他好似在万物之中听到世界的心跳，
三月的黎明，将在这激动中
到来，哪怕比往年晚了一天。

2020. 3. 2

琵琶记

不用问镜子，她知道闭门索居
足以将孔雀急成鸲鹆。
一个月来，外面的消息像啄木鸟医生
携银针到访，让人直想把耳洞
埋进沙堆。一把柳叶刀留在身体里，
仿佛在受潮的乌檀木上掏撇
她咬紧牙关提起颈椎，镂空的瓢
从恍惚里浮起，抖落满地刨花。

有时候她觉得，身边的故事是从
书里爬出的蠹虫：别离，恐惧，幽愁暗恨。
而那柄游刃，还继续贴在肩胛
和锁骨上：将她的身形削成半个枇杷，
接着凿出弦槽和覆手上的小孔……
于是她举步踱向露台，仿佛要去
向阳光讨四根弦，这样就能低眉信手
拨弹出铮钶的人世悲怆。

2020. 3. 7

惊蛰之后

梅花错过了，迎春花也错过了，
还有早樱、玉兰、油菜花、桃红李白……
怎能想象这三月盛大的原野：
万物复苏，空无一人？
蜜蜂即将复工，它们搬出空空的糖罐
在蜂巢前的跳台摩拳擦掌。
但今春的蜜或许有点苦，正如
这一年清明前后的雨水注定是咸的。

我们都是从悲伤里慢慢往外爬的蚁人——
在大寒后突然裂开的地坑里，
学会贮粮，学会冬眠，以及如何
在黑暗的溶洞中收集石笋和爱。
我们都在挪向一个出口，在电影散场时
从银幕里面钻出来，然后就安静地
坐在火山口边缘，等落日轰鸣，
将壮烈的玫瑰推送到我们的触角。

2020. 3. 10

第四辑

随心所欲

随心所欲

　　路唯翎早上醒来的时候，他突然以为这是他一生中的第一天，以前的日子不仅不属于记忆，而是根本就没有。阳光已经把东边的墙壁变暖，那里应该有一扇窗子，是的，一扇窗子，最好有古色古香的雕花，檀木是原料，而镶嵌在其中的玻璃则要稍稍泛着一些绿色的光芒，这多少可以使目光在观察外界事物时柔和一些，像多次凝视过的湖面，云朵、树木的倒影阴暗，却也真实，高贵的鸟降临到翡翠的触摸中。

　　要立刻描述路唯翎的外貌特征是困难的，因为他自己都不确认。他身体的各个部位还在不停地变化着：身材时胖时瘦，四肢时短时长，脸形时方时圆，眼睛时大时小。他身体里有不断流淌的河水，正是德谟克利特的那一条。他想：我的形体必须固定下来，既不能太怪异，又必须与其他人完全不一样。于是他想到了镜子。他伸出手去，空气冰凉，他的指端所及却是更冰凉的东西，闪着微微寒光——镜子并非用来自我观察和赝制事物，而是对变形的限制。

　　对镜中人，路唯翎十分满意。身体完全出自他的想象：修长的身子，光洁的皮肤，陡峭的鼻梁托住一副轻盈的眼镜，显出了斯文，长发随意地遮住了前额，使睿智内敛。对，要的就是这个样子！在镜子面前，路唯翎兴奋地原地转了好几个圈。

　　他的兴奋其实来自随心所欲：要窗子有窗子，要镜子有镜子，连他自己，都和想象中如出一辙，正如小说中的人物服从于构思。不！毋宁说，构思使虚妄变得真实，漫天大雾化作一场秋雨。而现在，房子里空无一物，这都是留给他的空间。生活的空间！艺术的空间！"静下心来！"路唯翎对自己说。他要设计属于自己的房间，从艺术的角度。他的大脑里已经铺好了白纸一张，颜料有了，调色板、笔都有了，路唯翎开始了工作。多么顺利啊，做到后来，他甚至哼起了小调：

要有光，于是便有了光。
要有床，于是便有了床。
要有桌、椅、凳、几，使
站立着有搀扶，蹲坐着有倚靠。
要有灯，暂时灭着，但要有准备
作为光线的营养。像菊花，
天气越冷，它胃中的褶皱
便翻出，而且更无保留。

要有火焰，但不一定燃烧，
要有水纹，但不一定流动。
要有土壤、大气，但要隐秘，
像万物生其中，但万物皆不见。
要转折，有弧度，要
流畅，不能生硬，也不能
信马由缰。要有黄金分割，
要割爱，要爱阴影中萎缩的
铅，或稍纵即逝的羽毛。

要有书，每一页的最后一行

要押韵，要从文字的骨架中
抽出植物的茎，掏出人类的血。
要剥去抒情的外壳，露出
情节的果仁，要饱满，如同
莎士比亚的戏剧和
剧中女主人公高尚的双乳。

要有门窗，和外物亲近
但有透明的距离。
要朝向四个方向，四个声部
唱出四个季节："东边有
春水池塘，西边是秋叶金黄；
南边火红的石榴烧上了天，
北边是雪，落进了爱人心房。"
要爱它们啊，爱这一切！
要从水管中滴下歌咏
要怜悯，要永有一颗仁慈的心。

    在自给自足的生活中路唯翎度过了最初的三天时光。这是怡然自得的三天：路唯翎随意增添房间里的摆设——有时加上一个中国花瓶，有时又弄来几只非洲象牙。他不停地从房间的这个角落走到那个角落，观察房间里的物品，有时，他也凑到房子四面的窗上欣赏房间外面的景观：多么妙呀，时间的循环和空间的转换合二为一，四季如火如荼，而他在中心，仿佛自然的轴承。

    闲暇的时间路唯翎用来读书，他最喜欢读的是莎士比亚的戏剧，《哈姆雷特》。他的心被震撼了，不是忧伤的力量，而是艺术和创造的力量。翻来覆去看了几遍之后，路唯翎也有了创作的冲动，也许他没有意识到这冲动是来自贴着骨髓的孤独。但艺术需要交流，也需要被欣赏。路唯翎想："我是不是应该有个邻居呢？"他走到东边的窗前朝外探望，不远处果然有一间木屋，屋顶上有缕缕炊烟，向着高处的云朵爬去。

傍晚，紧凑的敲门声让路唯翎满心喜悦，他慌慌张张地跑去开门，忘了用想象收拾一下有些凌乱的房间。进来的是个衣着得体的绅士，路唯翎猜到了他是莎士比亚。

整个晚上他们在讨论戏剧，讨论场景、冲突，以及三一律的局限。他们甚至共同构思了一出戏剧，路唯翎心中早有了这出戏的大致轮廓，莎士比亚先生也许可以使它更完美。他们的讨论自然很热烈，这里已没有篇幅来描述，只能说说剧情的梗概：男主人公 R，女主人公 S，他们共同生活了十年，这时 S 却想离开 R，R 难以理解 S 的决定，于是在一个夜晚，他们有了如下的对话。

R（伤感地）：

难道你不爱了吗？

S：不！我爱。十年了！爱甚至

都没有削减。你知道吗？R，

多少次当你在梦中，我听到时钟声

走得小心翼翼，分针和秒针

一次次地偏离，我看着

熟睡的你，越来越陌生，甚至

还在变化着。我要费很大的劲
回忆：你的容貌，你蹙眉头的样子，
还有挖鼻孔的坏习惯。
我甚至想不起你的声音，如果
你唱歌，还能否把我胸中的鸟儿唤醒？

R：变化？可是变化是无所不在的。
和十年前相比，我多少有些衰老。
你也知道，我的胃经过
多次手术。我开始对关怀
挑食。我常感到疲劳，
容易犯困儿，不能再像以前
我们整夜整夜地跳假面舞，透过面具
交织彼此的眼神，还有……久未重温的柔情……

S（打断 R 的话，但并不激动，甚至有些温柔地）：
柔情还在。在睡梦里。在
夜来香飞来的耳朵上。你听！
分针和秒针，它们以水滴的音步
走动，甚至比复调音乐
更和谐，你能说这仅仅
是一种形式上的巧合？

水啊！时间啊！在池塘，在溪流
在玻璃上顽皮地游弋，
或者在大气中，隐去青丝

隐去蝌蚪小小的尾巴——

当它们再次温柔地靠在一起，你

熟睡在恍惚的循环里。

你的暗影投向了过去，

安详、恬静——

这时我心中会涌起无限的柔情。

R（疑惑不解）：

既然是这样，那为什么还要离开？

难道你寂寞？孤独？百无聊赖？

仿佛蜜蜂失去了精神的花园。

S（开始有些激动，而且越说越激动）：

不！寂寞不是问题！从来不是！

寂寞的地窖只会使我的心更加澄澈！

当我一个人坐在空空的

房间，无论我看到什么，想到什么

我都以为那就是你。

梳子是你，钉子、衣架全是你，

那窗外的梧桐叶儿，不也是你的脚趾吗？

我闭上眼睛，无数的你

在我周围，变着戏法，召唤着我的爱。

我爱你！我爱它们！

我爱这幻觉。我爱这迷恋的罂粟。

R（嗫嚅着）：

也许，也许爱充满了欺骗性。

但……但请你相信我……

S：你让我如何相信？还是

让我离开。让我去寻找。

——请给我时间。

　　送走了莎士比亚，路唯翎久久无法把自己从剧情中拽出来。S真的会离开R吗？S又可能找到另外的R吗？而R，他是否会明白和S之间的问题的症结所在呢？这个晚上，路唯翎失眠了。他陷在床里，南窗外的蛙鸣仿佛泥泞中的脚印，深一下，又浅一下，踩在他思维的棉花里，让他的后半夜更加辗转。路唯翎索性打消了睡觉的念头，披衣起身，开始排演R与S的对话。他一会儿是R，一会儿是S，还设身处地以他们的身份来思考和说话，模仿着他们的腔调。就这样折腾到天快亮路唯翎才迷迷糊糊地睡去。

　　大约十点钟唯翎被另一阵敲门声惊醒，他睡意蒙眬地去开门，门口站着一男一女，脸上堆着暧昧的笑，两人的衣着也奇怪得很，有着鲜明的对比：那男的一身夏装，短袖T恤，凉鞋，而女的则是厚厚的棉衣，戴着围巾，臂上挎着雨伞，不停地搓手跺脚。

　　男士做了自我介绍："您好路先生，我是R，这是我老婆S。"

　　"能让我们进去坐会儿吗？路先生，外面的天气糟透了，雨下个不停，风刮在脸上像刀子。"S还在跺着脚，仿佛风正拆着她的骨头。

"别听她的，路先生，外面的天气好着呢，一直都这样好。"R转向S接着说，"恐怕糟糕的不是天气，而是你的心情，为什么忧郁呢，像乌云堆在城头。"

路唯翎把他们让到屋子里，给R一杯可乐，给了S一杯热咖啡。"你们现在怎么样?"

"还是老样子，我无法确定哪一个他是真实的他。他的变形让我伤透了脑筋。"S说。

"路先生，我老婆就是这样神经质，你看看我，胳膊是胳膊，腿是腿，哪里有什么变化?"

"可是，你还爱吗?"

"爱?"S的追问让R有些犹疑。"爱? 也许吧。我已经习惯了和你在一起的日子，也许这就是爱。"

"不! 不是!"S断然否定了R，她从兜里掏出一张纸，递给路唯翎，"您看看这个，他十年前写给我的信。"她扭头瞪了R一眼:"和那时相比，你现在还有爱吗?"

路唯翎展开信纸，看到了整齐的十四行。

> S，我躺在遥远的北方草原想你
> 阳光照耀我身体中的河床，一大片
> 需要灌溉的草场，需要收拾的疲倦
> 我躺在这里，等待着情绪的起重机。
>
> 先分解掉，使风更轻，或者电离
> 使云朵堆积的速度减缓。更要防止
> 形的变化，要借用裁缝精确的尺
> 给幻影量身，强制套上道德的虎皮

现在我可以看到你了，对着地图——
万水千山被折叠，插在身体的缝隙：
你胸藏山谷，深处更有一泓飞瀑！

S，我一动不动。像怀念的木乃伊
保持了爱情的原貌。但热血要陈腐！
云波诡谲！不要安慰，也无须镇静剂。

"我承认，我的激情遭到了磨损。"R略微有些停顿，好像有些伤感，"甚至快要消逝。"他的声音低下去，"可是，十年来我的忠贞难道不算是爱吗？"

"为什么我完全没有感觉到爱呢？R，我并不需要激情，激情只是年轻人花哨的外套。我需要的，只是一个肯定的你，不再让我有恍惚感。"

R和S都没有再说话。路唯翎坐在　旁，慢慢点燃了一根烟，他听到打火机摩擦空气的声音，蓝色的（或者是黄色的？）火苗闪烁不定，像一个人犹疑的脸。他明白R和S争论的焦点不是爱，而是变形。对一个具体的人的认知，最有把握的究竟是自己，还是其他人？路唯翎无法判断，究竟是R还是S有道理。他甚至想到他们的衣着，似乎都确凿地证实了外面的天气，但却互悖。

但路唯翎随即有了主意，他想到了自己的身体是如何固定下来的，现在当然可以依葫芦画瓢。他把镜子递给R和S，告诉他们镜子可以限制R的变形。S有些疑惑地接过来，举到R面前，然后就听到了一声惊叫："对！这就是你，唯一的你！"

路唯翎凑过身去，在镜中看到了三个人的脸。

R和S欢天喜地地告辞而去，镜子帮了大忙。可路唯翎却怎么也高兴不起来，而且更加心事重重。因为刚才在镜中，他看到的脸是三张一模一样的他自己的脸。

更糟糕的是路唯翎不仅开始怀疑镜子，甚至开始怀疑他自己。在房子里他不断地实验，先想象一个事物，并力图把它想得精确一些，包括非常小的细节，然后他便看到事物在眼前出现，当事物的细节和他先前的想象别无二致时，他才稍稍松了口气。后来他开始想象房间外的境况，和谐的四季变化、闲散的人的生活。他甚至有了到房子外去验证这想象的念头。

不过路唯翎还是有些不放心，他担心有出入，担心现实难以控制。能不能先从哪里探听一些外面的消息呢？路唯翎想到了收音机。

收音机出现在桌上。路唯翎调了几个频道都是音乐节目，只不过播放的曲目有些不同，柴可夫斯基的，巴赫的，但曲调都不怎么欢快。后来有一个女声在朗诵华兹华斯的抒情诗，只不过她的情绪太高亢，让舒缓的河流加快了流淌的速度，到后来竟有些要泛滥的趋势。路唯翎只好继续换频道，直到白色的指针快要从收音机里蹦出来，才听到一个男中音在播报当天的新闻：

> A国的大雪已经覆盖了上层建筑
> 而B国依旧温暖如春。C首脑在
> D地的访问远未结束，花朵们的
> 微笑要继续，脸部肌肉好似塑料
> E总统的丑闻在国家的肝区病变

F 市经济疲软，G 股票和 H 股票像两架儿童滑梯。郊县的农民们在 I 镇赶集，空着手犹如参观团从前天开始，J 剧院邀请 K 乐团演奏舒伯特，听众一天比一天多和歌星 L 相比，则不到 M 分之一N 球队和 O 球队的比赛让人昏昏欲睡，裁判 P 吹响哨子，像乌鸦的叫声，从 Q 城上空的寒流中卸下糟糕的脾气。R 和 S 夫妇婚姻得到了维持，在年轻人面前理直气壮："是习惯使我们彼此信任和献身，并不是爱。"那些年轻人有相反的两种：一种习惯了夜生活比如 T，他要求摇滚音乐的节奏加快，消费的节奏也加快。"这样可以使时代增加快感。"而 U 和 V则属于另一种，他们坐在 W 大学的教室里，期末考试像汽车尾气污染了心情。他们多么希望时间慢下来，和卡通女友度过圣诞节不必坐 X 小时火车，回到遥远的小城 Y 去。那里，Z 河的水早就结了冰，在潮湿的梦里孵化石头到了年关，化肥厂还要加班生产居民咽下氨气像咽下干硬的贫穷

男播音员吐字清晰，新闻从他的嘴里念出来，就像深夜里突然下起淅淅沥沥的雨，竟使路唯翎的心情潮湿阴冷起来。在他的想象中，外面的世界似乎不应该是这个样子的。直觉告诉他新闻在玩弄一贯的伎俩，它把真实藏在语言后面。真实是什么？真实应该是自我判断，应该是经验。可不同人的判断和经验一致吗？路唯翎稍一犹疑，又陷入了疑惑。他想到了 R 和 S，他们对世界有着互悖的判断，互否的经验，这表现在他们的穿着，也体现在他们对同一物事的态度上。那么究竟应该相信谁呢？

路唯翎终于下定了决心，要走出这间房子，看看外面究竟是不是如他在窗中看到的一样，是不是仍然服从他无所不能的想象力。对他而言，这次求证无疑是壮举，但同时也是他的宿命。

> 他把门拉开一道缝儿。
> 阳光多么蛮横！它几乎就是冲进来
> 仿佛长矛或铁栅栏的牙。
> 他本能地转身，一回头却发觉
> 房中物事尽已消匿。
> （这一瞥和奥菲欧何其相似啊。）
> 而门"吱呀——"一声响，
> 声音的魔术，把他从一个木头箱子里
> 牵出来，道具搬到了记忆的另一侧。
> 他站在一个鹅卵石广场中央，
> 左边是废墟，右边的建筑搁浅在

信仰的脚手架上。

他甚至赤裸着身体！

他的脸看起来像一枚禁果。

可匆忙的行人却并不看他，他大着胆子

打招呼，他们也不理不睬。

他干脆坐在喷水池边，左顾右盼：

车辆驶向未知的故障，马路

绑着城市，纪念碑像是系紧的结。

人群仿佛传单，被撒向饭店

旅馆或昏暗的歌厅。天色渐晚

当他想起低头看看自己——

他的身体开始退潮，从下往上

仿佛一枚咖啡糖速溶在夜里。

这使他宽慰、屈辱，也使他惶恐虚无的身世。

后　记

　　收入这部诗集中的诗，基本上写于新世纪以来的二十年里。

　　每一首诗，在提笔之前，脑子里总是有一个理想之诗的缈像，布朗肖说得笃定而又玄妙："作品的中心点便是作为渊源的作品。"它无法实现，但又让写作者欲罢不能。词语之光从那里溢出，照亮尘世生活并为事物命名。语言与经验相遇，一首诗便获得它的特殊形象，成为经验之诗。在它逐渐变得清晰的运动之中，始终有两种反向的力作用于符号的粒子，一种召唤它回到内在的深处，一种引导它与大地砰然一撞。而在语言中呈现出来的诗，即使具备了特殊形象，也仍然处于一种悬浮状态——不是静止的悬浮，而是高速运动的悬浮——沉默的絮语、纯粹与永恒的瞬息万变、外部的内在性，经验的填塞在想象空间中挤压出层层褶皱，让一首诗具有密度。物理学家霍金阐述他的宇宙观时，曾引用过哈姆雷特的吟唱："即使把我关在果壳之中，仍然自以为无限空间之王。"我们可以理解为：宇宙是果壳状的，果壳之中也有一个宇宙。一首诗正是这样一个果壳，时间和空间的种子，将从第一个音节被说出开始发芽。

　　诗集的整理，让作者成了它的第一个读者。然而，当我翻看这些诗，却发现，那曾经让人夜不兴寐的一首首理想之诗，都已杳无踪迹。满纸尽是经验之诗，将我拖回过去的时光。而这些，恰恰是在写作时试图适当遮掩的。这样的阅读体验，不免让人沮丧，自然更不希望未来的读者有同样的怅惘。这也是交稿拖延症的原因之一。可是，当那些记忆的碎片被唤回并连缀起来，又仿佛有词语之光，让生活的尘埃从遗忘角落里显出形，充满偶然性的飘旋好似编排过的舞蹈。曾经的往事，曾经给予我们爱和关心的亲人和朋友，曾经遇见过但可能无缘再会的人，此刻不仅是朦胧的形象走向我，要求我辨认，还以光芒提醒我：人世，无论经历过什么，还可以那么美好。

诗是个人经验的偶述，同样是经验的积叠。在诗的挽引下对无限性的探索，丰富了生活的层次和色彩。翻看旧稿，当过往的经验再次浮现，确实要对诗歌表示感谢，在过去的二十年里，即使我曾自我怀疑数次停笔，诗歌始终没有放弃我：让我在世纪之交结识了许多有趣而又可敬的诗人，我们的友谊一直在延续；网络诗歌兴起之际在各大论坛流连，迅速接触到了林林总总的诗歌风格；加入"象形诗群"，同仁们把酒言诗，又暗暗坚持自己的独立品格；渴望开阔视野去求学，希望通过诗歌研究促进个人的写作，并在普拉斯诗歌的翻译和阐释上投入了十多年的工夫；还有接到阿姆斯特丹诗歌与试验中心的邀请去荷兰朗诵，在中美诗歌诗学学会的洛杉矶年会上与中美诗人交流，受国家留学基金委的资助赴宾夕法尼亚大学访学一年，有充裕的时间进一步了解美国当代诗歌的进展……对诗的追随，不断扩大经验的疆域，未知世界吸引着每一个诗歌写作者成为奥德修斯：从伊萨卡到伊萨卡，二十年过去了，青春被海岛上的藤蔓缠住了，或者泼到了海面上，回来时一脸沧桑。

庾信《拟咏怀》有诗句云，"平生几种意，一旦冲风卷"，其中又有"由来千种意，并是桃花源"。人到中年的读者，想必对诗人当年的心境更有体会，如果去读辛格小说《卢布林的魔术师》，也会对所谓的"魔力"是什么心知肚明。而亲爱的但丁，也是在深切认识到人的有限性之后，从"幽暗森林"的入口开始构思《神曲》的。中年纵然漫长，也经不起时间的丈量。人生的阅历还会增加厚度，但恐怕不允许漫无目的地旁逸斜出了。如果说，诗歌曾带领我们探寻过世界无垠的海洋，它还将在我们回到陆地时告诉我们，有限之中依然有无限，"诗句的黄金泡沫，令一切水平线后退，并在此设置了无限与空无的辉煌游戏"（郎西埃语）。不如坐到小小的诗歌果壳之中，举头看这宇宙中的璀璨星辰。所有的经验，将在这果壳的内部围绕着一个圆心旋转，那是从未退场的理想之诗——

　　只要它在，写作就将永不停歇。

亦来

2020.7.29